El pelo de Van't Hoff

Unai Elorriaga

El pelo de Van't Hoff

ALFAGUARA

Título original: Van't Hoffen ilea
© 2003, Unai Elorriaga
© De la traducción: Unai Elorriaga
© De esta edición:
  2004, Santillana Ediciones Generales, S. L.
  Torrelaguna, 60. 28043 Madrid
  Teléfono 91 744 90 60
  Telefax 91 744 92 24
  www.alfaguara.com

ISBN: 84-204-0115-3
Depósito legal: M. 2.337-2004
Impreso en España - Printed in Spain

Diseño:
Proyecto de Enric Satué

© Fotografía de cubierta:
  SVT Bild / Das Fotoarchiv

© Diseño de cubierta:
  Sol Pérez-Cotapos

El pelo de Van't Hoff

1. Lulabi

El tren olía a bolígrafo. Y Matías acababa de escuchar esta conversación en el andén, justo antes de entrar al tren:

—Por favor, yo voy a Lerton. Mi tren, por favor —una mujer anaranjada.

—Como no vaya usted a un helipuerto —el jefe de estación.

—¿Cómo?

—No hay trenes. A Lerton quiero decir. No hay estación. Quiero decir que no hay estación en Lerton. Claro —el jefe de estación.

—¿Y cómo lo sabe usted?

—Por intuición.

—¿Y en autobús, podría ir?

—Sí, en autobús sí. Si compra usted un autobús.

Eran pesadas las maletas de Matías, y llevaba una en la mano derecha y la otra en la izquierda. Llevaba también las ganas de ir al baño, exactamente detrás de la cremallera del pantalón; también eso llevaba, exactamente en la mitad de los dos bolsillos delanteros. Y también eran pesadas las ganas de ir al baño.

Avanzaba de costado por el pasillo del tren, la maleta de la derecha delante y la de la izquierda detrás, porque el pasillo era estrecho, y sus muslos gruesos, y las maletas también, sobre todo la de la mano derecha, que era la que llevaba el ordenador y la grabadora. Por eso trataba con más cariño a la maleta de la mano derecha, porque era allí donde había metido el ordenador y la grabadora.

El ordenador lo llevaba envuelto en ropa, envuelto en un jersey azul y envuelto en una bufanda, y había puesto todos sus calzoncillos encima de las teclas, los calzoncillos de algodón, para proteger las teclas y para dar un poco de cariño al ordenador.

Sufría Matías por sus ganas de ir al baño, pero el baño no se puede utilizar con el tren en la estación. Y aunque hubiera podido utilizarlo, no lo habría hecho Matías, porque no paraba de pasar gente por delante de la puerta del baño, mujeres sobre todo. Y si estando Matías en el baño empezaba a pasar gente por el otro lado de la puerta, su cuerpo se desmadraba; se desmadraba principalmente la parte que quedaba detrás de la cremallera del pantalón. Y el cuerpo de Matías le empezaba a tomar el pelo al cerebro de Matías; es decir, el cuerpo de Matías empezaba a no hacer caso a lo que decía el cerebro de Matías. Y Matías tenía que salir del baño sin haber hecho nada de lo que quería hacer, porque no dejaba de pasar gente, por delante del baño, muy cerca de la puerta, mujeres sobre todo. Y una de las cosas más tristes del mundo es salir del baño sin haber hecho nada dentro del baño. Sufría mucho Matías con estas cosas. Y se frustraba. Se frustraba durante 3-4 minutos.

Dejó las maletas en la parte de arriba del compartimento; debajo la que llevaba en la mano izquierda y encima la que llevaba en la derecha. Porque era allí donde llevaba el ordenador, la grabadora y el diccionario. Después puso la gabardina sobre ellas. Nadie se atrevería a poner más maletas encima, siendo como son las gabardinas una de las cosas que más intimidan a las personas. Es más, ése fue el único motivo por el que puso la gabardina encima de la maleta de la mano derecha: no quería ninguna clase de peso sobre ella, porque era allí donde había metido la grabadora. Entre otras cosas.

Se sentó y sacó la pelota del bolsillo. Era de goma la pelota, y transparente, y tenía una serpiente de goma dentro, una serpiente enredada. No era, sin embargo, una serpiente terrorífica, no; era una serpiente sin demasiada sustancia, casi sin seriedad, era una serpiente un poco anarquista. La serpiente. Y la pelota tenía un bote un tanto irregular. No tan irregular como un balón de rugby, pero mucho más incoherente; porque, al fin y al cabo, el bote de un balón de rugby no tiene más remedio que ser irregular, por definición, pero no el de una pelota de goma, que es redonda, como el talón de un calcetín.

Y el bote de la pelota distraía a Matías cuando estaba nervioso o cuando, en alguna situación, se sentía fuera de juego. En un cóctel, por ejemplo, en una fotografía oficial, por ejemplo. Ésa era la razón por la que en muchas fotografías —también en las que le hacían para los periódicos— aparecía Matías con una pelota en la mano o, dicho de otra manera, con una serpiente anarquista en la mano.

Y cuando estaba nervioso inventaba juegos con la pelota. También en el tren inventó un juego. Y el juego era tirar la pelota contra el suelo para que, después de botar, diese en un agujero que había en el asiento de enfrente, en la mitad, exactamente. Eso era lo que tenía que hacer. Pero teniendo en cuenta lo abstracto que era aquel agujero, la pelota podía tomar varias direcciones. A saber: izquierda, derecha, arriba, abajo o, dicho de otra manera, norte, sur, noroeste, sudeste y alguna otra. Pero no acababa ahí la cosa. Hasta ahí no dejaba de ser fácil, la cosa. Era a partir de ahí cuando, la cosa, empezaba a tener interés. La pelota tenía entonces que ir hacia la izquierda; si tomaba cualquier otra dirección, todo lo anterior no valía para nada. Es decir, para que el juego avanzase, la pelota tenía que ir hacia la izquierda después de pegar en el agujero abstracto y tenía que chocar contra el cristal de la ventana. Y ésa era la esencia del juego: cuanta más altura consiguiese la pelota en el cristal de la ventana, más difícil de superar sería el récord de Matías. Y si alguna vez aquel juego se convertía en deporte olímpico, todo el mundo tendría que tener en cuenta a Matías, y el comentarista de televisión diría, luciéndose, que el origen de aquel juego estaba en un tren y que el récord absoluto lo ostentaba aún la misma persona que lo creó. El comentarista de televisión diría «ostentar» y no cualquier otra vulgaridad, por supuesto.

Pero el juego tenía un peligro: la ventana del tren estaba abierta. Matías pensó que si la pelota caía por la ventana, no le quedaría más remedio que bajar del tren, y que sería un poco aburrido tener que buscar por la estación y entre los raíles, pero que sería, al mismo tiempo, inevitable. Y que le daba igual si el tren tenía que salir veintitrés minutos tarde, que las prioridades siempre son prioridades, que hasta un ingeniero podría entender semejante cuestión.

Y siguió Matías jugando con la pelota hasta que entró en el compartimento una viuda. Traía una maleta pequeña y un hijo de cuatro años, de la mano. El niño podía tener ya cinco años, o incluso tres. Matías le ayudó a subir la maleta a la parte de arriba del compartimento. No por filantropía, sino porque no quería que pusiese nada encima de sus maletas. Le daba un poco de vergüenza, además, que dos personas no utilizaran más que aquella maleta enana y que él necesitara dos maletas. Dos maletas grandes. Para el mismo viaje. Pero la viuda no necesitaría, claro está, un ordenador. Ni una grabadora. Mucho menos un diccionario gordo.

La viuda hizo entonces un gesto para Matías, para agradecerle que le hubiese ayudado a colocar la maleta. Movió la comisura de los labios. El lado izquierdo. El derecho no. A Matías le pareció un gesto desagradable. Le pareció desagradable toda la boca de la viuda. Además, la mujer deshizo el gesto enseguida, como si no hubiese querido mantenerlo excesivamente, como si no quisiera agradecer nada excesivamente. Se le rompió el gesto a la viuda. Y al rompérsele el gesto, la viuda siguió siendo una viuda en un tren.

Matías sentía nervios todavía y empezó a dar pequeños botes con la pelota, en su propio asiento. El hijo de la viuda no dejaba de mirar los botes la pelota la serpiente. De repente apretó todos los dedos menos el índice contra la palma de la mano, con todas sus fuerzas, y señaló la pelota, como si estuviera señalando una sequía. Matías estaba acostumbrado: no había niño que no se emocionase con la pelota. Era por eso por lo que siempre llevaba otra en el bolsillo. Pero esa segunda pelota no tenía ninguna serpiente dentro; tenía colores, sin más, o un paraguas. Y era esa segunda pelota la que les solía regalar a los niños que se emocionaban al ver a Matías jugando con la pelota de la serpiente. Y regalaba a los niños la pelota de los colores o del paraguas o de, alguna vez, hojas de lechuga, porque todo el mundo sabe que las serpientes no están hechas para los niños. Por eso tenía siempre una pelota de repuesto y por eso se la regaló al hijo de la viuda. Pero el niño no empezó a jugar; miró a su madre y guardó la pelota en el bolsillo, para después, o para casa. El tren se movió.

La viuda volvió a hacer aquel gesto de agradecimiento, por la pelota, con la comisura izquierda de los labios. Era un gesto tonto, desagradable. Eso era lo que le parecía a Matías.

Ya va. El tren. Puedo usar el baño, ahora. La viuda me ha vuelto a hacer el gesto. Como cuando le he subido la maleta. Tiene que ser viuda. Tiene pestañas de viuda. Me ha vuelto a hacer el gesto. Espectacular la boca de la viuda, y cuando me hace ese gesto. Es un gesto gustoso. El gesto. Agradable el gesto. Me gustan las comisuras de las chicas. De los labios. Siempre me han parecido gustosas las comisuras. Tengo que pensar en eso. *Un día de éstos tengo que pensar en eso.*

Matías se levantó despacio del asiento. Con la rodilla tocó la rodilla de la viuda, a propósito. También tocó el pelo del niño, pero para disimular, como queriendo decir que había tan poco espacio en el compartimento que para levantarse tenía que tocar rodilla de viuda y pelo de niño, sin más remedio. Pero la cosa era tocar rodilla de viuda queriendo tocar rodilla, por encima de falda eso sí, y luego tocar pelo de niño para disimular.

Salió del compartimento y llegó al baño. No había nadie, ni dentro ni fuera. Cerró la puerta por dentro pero, cuando empezó a desatarse los botones del pantalón, escuchó dos voces andando por el pasillo. Una voz vieja y una voz joven. Femeninas, claro. Matías intentó acabar deprisa la operación, antes de que las voces estuvieran demasiado cerca. Fue entonces cuando la voz vieja agarró la manilla de la puerta y empezó a querer abrir el baño. Con el desparpajo que suelen tener las voces viejas. Ahí se acabó todo: el líquido que pretendía abandonar Matías en aquel baño, en aquel tramo de vía, se le congeló justo antes de empezar a salir. Era un iceberg amarillo aquel líquido ya, dentro de Matías, molesto. Matías pensó que tendría que volver a pensar en aquello, cualquier otro día.

Salió del baño y comprobó que la voz vieja era también una voz gorda y con vestido a rombos, y que la voz joven tenía la cara deshilachada, como una raqueta.

Matías se quedó un rato en la ventana del pasillo para ver el pueblo por el que estaba pasando el tren. No tardó mucho en volver al compartimento, pero esta vez no tocó la rodilla de la viuda, aunque sí el pelo de su hijo, para disimular. El niño tenía la pelota en la mano ahora, pero se la volvió a meter en el bolsillo en cuanto sintió la mano de Matías.

Matías oyó crac en el mismo momento en que se sentó. Puede que también fuese crec lo que oyó. Pensó que había sido él mismo el que había provocado ese ruido al sentarse y volvió a incorporarse rápidamente y, esperando lo peor, miró a su asiento y vio una cucaracha reventada, con un porcentaje generoso de tripas fuera. Las tripas de aquella cucaracha habían sido ligeramente blancas.

Matías recogió las tripas y la cucaracha con un *kleenex* ligeramente blanco. Entonces intentó volver a abrir la ventana que se había preocupado de cerrar cuando el tren se puso en marcha. Para tirar el *kleenex*. Pero las ventanas de los trenes son desagradecidas y son tercas, y cada vez que empujaba la ventana sólo se llegaba a mover medio milímetro o tres cuartos de milímetro.

El hijo de la viuda le pidió entonces que le regalase la cucaracha, de la misma manera que le había pedido la pelota, con el dedo, señalando, con todas sus fuerzas. Pero su madre le dio un golpe en el brazo, que cómo se le ocurría, una cucaracha, y el niño dejó de pedir. Matías acabó de tirar por la ventana el *kleenex,* las tripas y la cáscara de cucaracha. Cuando se sentó, la viuda le volvió a hacer el gesto. Otra vez la comisura. Por lo visto el gesto también servía para pedir perdón.

Matías se puso nervioso y sintió dos series de escalofríos: una por toda la cabeza exceptuando los dientes y la otra más abajo, en alguna parte del cuerpo. Nunca le había hecho una mujer tantos gestos en tan poco tiempo. También en eso tendría que pensar alguna vez.

Matías empezó a mirar por la ventana, para no tener que mirar a la viuda. Entonces se acordó de los dos libros que tenía en el bolsillo de la maleta y pensó que le haría bien leer, que así olvidaría a la viuda, un poco. De hecho, se le estaban empezando a calentar ya algunas partes de las orejas y los alrededores de las pestañas.

Se puso de pie. Agarró la maleta y, cuando trataba de bajarla, la gabardina que tenía encima cayó sobre la cabeza de la viuda. La mujer se la quitó enseguida, pero su peinado había enloquecido ya, y algún pelo seguía en su sitio, pero la mayoría estaban borrachos, o estaban bailando, sin decencia.

Matías dejó la maleta en el suelo, cogió la gabardina y dijo Perdón, Perdón tres o cuatro veces. Empezó a sentir más calor, sin embargo, alrededor de las pestañas otra vez y alrededor de la nariz y alrededor de las cejas, porque la viuda estaba arreglándose el pelo allí mismo, en el compartimento, como si estuviese en su dormitorio, delante de Matías.

Por eso se dio la vuelta Matías, para no ver a la viuda, y por eso empezó a buscar el libro en el bolsillo de la maleta. Se tranquilizó un poco. Sacó el libro de Faulkner. Puso la cara como si hubiera sido realmente aquél el libro que estaba buscando. Tenía fría la portada el libro, y blanca.

Tiene fría la portada. Faulkner nació en el sur. El niño está mirando el granizo, por la ventana. El granizo es, seguramente, un niño. Un niño puede pasarse horas tirando piezas de lego al suelo y volviendo a meterlas en la caja y tirando al suelo y metiendo en la caja. Y eso es el granizo.

Faulkner me quiere volver loco. Media página; no entiendo. No entiendo qué dice. Qué dice. Uno de los objetivos de Faulkner era volverme loco. A mí. Faulkner era diferente cuando escribía y cuando vivía. Cuando vivía no quería volver loco a nadie. Cuando escribía sí. Cuando escribía me quería volver loco a mí, por ejemplo; puede que a algún otro también. *Granizo, por la ventana.*

Matías cerró el libro. Cerró el libro porque no pensaba en lo que leía, estaba pensando más en la viuda y en el hijo de la viuda y en el granizo y en otras siete cosas, y es imposible leer así, y de cada cinco líneas que leía sólo atendía a dos palabras, una en la segunda línea y otra en la quinta. Y había veces que aun así entendía el párrafo entero, pero la mayoría de las veces ni lo olía. Por eso cerró el libro y decidió pensar en el viaje que estaba haciendo. Cada dos minutos, eso sí, miraba a la viuda. También miraba al niño, para disimular.

Y empezó, por tanto, a pensar en el viaje. De hecho, tres días antes de coger el tren se había dicho que alguna vez tendría que pensar sobre el viaje, y se le ocurrió que si tenía que pasar siete horas dentro del tren, algún minuto le quedaría para pensar en lo que tenía que hacer cuando llegase donde tenía que llegar.

Y pensó en el viaje y pensó en el proyecto que tenía que hacer en aquel viaje. El proyecto no era fácil; sobre todo al principio. La cosa es que tenía que entrar en casas de gente desconocida, y entrar en casas de gente desconocida es una cuestión un poco aparatosa. Porque hay muchas casas oscuras en el mundo, casas difíciles para los que no son de la casa. Pero se le ocurrió que también hay casas que están muy lejos de ser casas oscuras, que hay casas que son la claridad misma. Las casas de los que se acaban de casar, por ejemplo. Las casas de los que se acaban de casar son casas transparentes casi. Porque los que se acaban de casar no harían en casa nada que no hicieran en la calle, por ejemplo, o nada que no hicieran en un aparcamiento.

Pero, pensó, hay otras muchas casas que se van oscureciendo poco a poco, y están así muchos años y después, despacio, se acaban por pudrir. Y no puedes entrar en esas casas, y si entras tienes que quedarte en la sala, porque en la habitación de al lado hay un enfermo y porque todas las demás habitaciones están cerradas, sin más razón, y eso es lo que hace que se oscurezcan ciertas casas y que después, sin demasiada prisa, se acaben por pudrir.

Sería duro, por tanto, el principio del proyecto. Pero la gente empezaría a conocer a Matías, poco a poco, y llegarían a acostumbrarse. Matías era funcionario además, del Ministerio, y eso le abriría muchas puertas. Puertas viejas sobre todo.

Necesitó dos minutos y cuarto para llegar a esa conclusión, pero después estuvo veintisiete minutos dando vueltas alrededor de lo mismo. Matías acostumbraba a hacer filigranas con sus ideas.

El proyecto le llenaba la cabeza cuando se levantó del asiento. Salió del compartimento y empezó a correr por el pasillo, hasta entrar en el baño. No se preocupó ni de cerrar la puerta por dentro. Y se deshizo, por fin, del líquido del que quería deshacerse. Y se deshizo de él con la misma actitud de los niños que ven guepardos en la televisión, y a borbotones.

Y aunque salió feliz y tranquilo ya, se asustó fuera, porque la viuda estaba en la puerta, esperando al baño. La cosa es que la puerta estaba abierta, y que la viuda no entró pero podía haber entrado. Eso fue lo que puso nervioso a Matías. Le dijo Hola a la viuda, pero se dio cuenta de que después de estar seis horas en el mismo compartimento, no se le puede decir Hola a una persona.

Matías decidió quedarse cerca de la puerta del baño después de que entrase la viuda y decidió imaginarse cosas. Escuchó dentro algún ruido pequeño. Y aquellos ruidos le dieron una felicidad rara; se le ocurrió que la viuda y él estaban viviendo en la misma casa.

Matías volvió al compartimento antes de que la viuda saliese del baño, claro. Volvió corriendo. Y es que habría sido una catástrofe que la viuda lo encontrase en la puerta del baño, sin una explicación. Aun así la carrera por el pasillo le puso más nervioso. Sacó la pelota en el compartimento y dio unos botes. Pero la guardó enseguida en el bolsillo, porque la viuda no tardaría en entrar. Le daba vergüenza a Matías. Que la viuda le viese jugando.

Faltaba una hora para llegar. En la ventana era noche. Matías decidió. Decidió pasar la mayor parte del tiempo mirando a la viuda, porque no faltaba más que una hora, porque no se iban a volver a ver en la vida, después de aquella hora. Seguramente. Matías miró a la viuda en el reflejo de la ventana, miró a la viuda directamente, pero también inventó nuevas maneras de mirar, para mirar a la viuda. Y después imaginó alguna cosa entre la viuda y él.

El hijo estaba dormido, y la madre más en silencio que nunca. Esas dos cosas hacían que la intimidad en el compartimento fuese escandalosa.

También la noche de la ventana daba intimidad, y un poco de calor. Entonces Matías pensó por séptima vez que el niño no había hablado en todo el viaje. Y la siguiente reflexión fue que tampoco la viuda había dicho una palabra, sólo gestos; también eso lo pensó por séptima vez.

El tren entró en una estación negra. Matías bajó primero la maleta de la viuda, pero sin mirar a la dueña. La mujer dijo Gracias y después dijo Hasta la próxima. La voz de la viuda se pinchó en Matías y le hizo marearse un poco.

Matías se puso la gabardina y bajó sus maletas despacio; no porque fueran pesadas o porque quisiera tratar al ordenador con cariño, sino porque quería salir del tren después de que saliera la viuda. Quería ver quién esperaba a la viuda en la estación. Sus padres, su hermana, algún primo. Matías siguió a cinco metros a la viuda —a cuatro metros alguna vez—, hasta que se encontró con una persona. Era un hombre, grande y azul, con buzo. Abrazó a la viuda y le dio un beso, en la boca, cinco segundos. Tenía buena salud el marido de la viuda. Tenía muy buena salud para estar muerto.

Matías tenía que coger un autobús, para Idus, a diecisiete kilómetros. Y empezó a buscar la parada de autobuses por la estación, porque la parada tenía que estar en la misma estación, porque todo el mundo le había dicho que la parada de autobuses estaba dentro de la estación y en el Ministerio le habían dado un mapa que decía que la parada estaba dentro de la estación y que tenía que buscar allí cuando llegase. Pero la estación no le daba facilidades para buscar, y tenía el suelo marrón.

Sintió un dolor en la pierna derecha entonces, un tirón. Soltó las dos maletas y se sentó en el suelo. Se le acercó, en ese momento, una monja diminuta. Le dijo la monja: «En esta vida no hay que resignarse tan fácilmente». Eso fue lo que le dijo. Después entró en el baño la monja. En el de caballeros. Necesitó un rato para darse cuenta, salir y entrar por la otra puerta. Matías sintió un miedo extraño. Hizo un gran esfuerzo para ponerse de pie y para huir de allí antes de que la monja saliese del baño. La pierna casi no le dolía ya.

Acabó preguntando a un hombre a cuarenta metros de allí.

—Perdón, ¿los autobuses?

—¿Para dónde?

—Para Idus.

El hombre le dio todas las explicaciones, y cómo tenía que doblar tres veces a la derecha y a la izquierda dos, y cómo iba a ver un cartel grande encima de una puerta, y detrás de aquella puerta estaba la parada de autobuses, y cómo también algún taxi. Pero cuando Matías dobló por segunda vez a la derecha, no sabía ya si venía de la izquierda o de la derecha, y no sabía si tenía que doblar a la izquierda o a la derecha. No veía, además, posibilidad de doblar ni a izquierda ni a derecha, porque lo único que tenía delante era un pasillo recto. Sin cruces. Largo. Y sin cruces.

Siguió andando y decidió preguntar a una chica Perdona, los autobuses, a Idus. La chica señaló la puerta y el cartel que tenían justo enfrente, a tres metros, como si hubiese querido decir «Lejos tampoco estabas». Matías se avergonzó un poco y se le ocurrió que aquella chica podía ser, perfectamente, la sobrina de la monja diminuta. Pero se le ocurrió eso igual que se le podían haber ocurrido otras setecientas cosas.

Entre los autobuses de la parada no tardó en encontrar el que iba a Idus. No parecía, sin embargo, que tuviera muchas ganas de arrancar. El conductor estaba dormido. Tenía los ojos abiertos, pero estaba dormido. Hablaba con otro conductor, pero estaba dormido. Matías le preguntó A qué hora...; «Doce minutos», dijo el conductor. Pagó el billete y se sentó en la segunda fila. Los conductores hablaban de productos para teñir el pelo, con nombre y apellido, y hablaban también un poco del carisma que le da el bigote a la persona.

Cinco minutos después entró un anciano en el autobús, bastante marrón y bastante simpático. También se sentó en la segunda fila, pero en la ventana contraria. Matías se le quedó mirando. Se le quedó mirando igual que se mira un documental de pájaros. El hombre agradeció la mirada, con un gesto espasmódico y deportivo. Matías se asustó y se puso a mirar el parabrisas; el viejo también.

El conductor se despidió de su amigo para arrancar el autobús y tocar la palanca que cerraba la puerta de los pasajeros. Cuando la puerta acabó de cerrarse, apareció una mujer de la nada, una mujer de cuarenta y tantos años. El conductor tuvo que volver a abrir la puerta. La mujer pasó hasta los asientos de atrás, sin ni siquiera mirar a Matías o al viejo o al conductor. Era una cara nubosa la que llevaba aquella mujer encima del cuello.

El autobús anduvo siete minutos por calles, entre farolas. Fue entonces cuando empezó a hablar el viejo. Hablaba como un guía turístico, comentaba las curiosidades arquitectónicas de la ciudad, con énfasis. Aun así, no se le entendía gran cosa: tenía importantes problemas para pronunciar varias letras, y pocos dientes. Matías entendía alguna palabra de vez en cuando; palabras como «barrio», «iglesia», «gótico» o «lagartija». El discurso del viejo eran tres-cuatro ranas llorando y un escarabajo croando. Y alguna palabra humana de vez en cuando.

El hombre siguió hablando cuando salieron de la ciudad, pero no había casas ya, ni farolas, ni luz, y Matías únicamente veía negro por la ventana, a las diez menos cuarto de la noche, y le parecía que aquél era un sitio muy pequeño; es más, le daba la impresión de que allí no había otra cosa que carretera y que todo lo demás era negro, también de día. Pero el hombre seguía dando explicaciones, cada vez con más ilusión, y describía aquel negro como si de día fuera diferente.

Apareció entonces la mujer en la parte delantera del autobús. Le dijo al conductor: ¿Podría decirle que se calle?, y señaló al viejo con la palma de la mano.

—No —el conductor.

—Es insoportable.

—A mí me gusta —el conductor.

La mujer se medio desesperó con un soplido y dio la vuelta para volver a su asiento cuando el conductor frenó delante de un semáforo naranja. Dio la mujer unos pasos sin el más mínimo control y cayó al suelo. Matías se levantó inmediatamente a ayudar. Sintió un poco de tristeza cuando comprobó, por debajo de la falda, que la ropa interior de la mujer era azul. Pese a todo la ayudó a levantarse. La mujer se volvió a sentar sin decir Gracias. Y con un chicle pegado en la falda.

El conductor siguió todo por el retrovisor, y movió la cabeza, como si hubiese querido decir «Dios mío», o como si hubiese querido decir «Amargar te vas a hacer, mujer». El conductor estaba dormido. También mientras conducía el autobús estaba dormido el conductor.

La mujer bajó del autobús al poco de todo aquello. Matías y el conductor sintieron una especie de alivio. El viejo no; el viejo le dijo Hasta luego por la ventana y movió la mano por la ventana, para seguir despidiendo a la mujer, izquierda derecha izquierda derecha.

Llegaron después a un pueblo con pocas farolas, por una carretera flaca. El hombre bajó allí.

—¿Esto es Idus? —preguntó Matías.

—No. La siguiente; esto es Lanta.

Idus tenía bastantes más farolas que Lanta. Matías bajó en una plaza. También la plaza tenía un montón de farolas, pero no había nadie allí. De hecho, lunes, diez y pico de la noche.

Dejó las maletas en una esquina y fue hasta la avenida que había al otro lado de la plaza. Necesitaba a alguien para encontrar la pensión, para preguntar dónde estaba la pensión. Tampoco andaba nadie por la avenida; ni por arriba ni por abajo. Volvió a las maletas. Sacó la pelota y empezó a dar botes de agobio hasta que la serpiente decidió por su parte: botó mal y se escapó a la carretera. Cuando fue a recuperar la pelota, vio Matías que se acercaba un hombre, por la mitad de la carretera, andando.

—Perdón... —Matías.

—Buenas noches.

—Sí, buenas noches.

—Buenas noches.

—La pensión Malanda, sabría dónde...

—Sí, hombre. Malanda, Malanda. Buena persona Malanda. Pedro Malanda. Buena persona. Eso decía mi padre. Yo no le conocí.

—Y ¿dónde está?

—En la avenida seguido; seguido, seguido. Vaya seguido y encontrará la pensión a una de éstas. Es la única pensión de Idus. Por lo menos la única que tiene nombre —el hombre hizo un gesto entre lujurioso y tonto.

Matías miró al hombre con atención. Después miró a su pelota. Era preocupante el parecido que tenían aquel hombre y la serpiente de goma.

El hombre dijo entonces una palabra extraña para despedirse y empezó a correr. Parecía que corría a gusto; igual de a gusto que una serpiente que corre. Las serpientes suelen correr a rastras, pero a gusto siempre. Matías pensó que las serpientes, en general, lo hacen todo a gusto, que son seres de buen conformar.

Y acto seguido pensó que el buen conformar de las serpientes es una cosa fácil de comprobar. Pongamos, por ejemplo, cuatro serpientes en la misma habitación. Estarían a gusto, sin excesivos problemas; estarían conformes, aunque extrañadas por no tener árboles para subirse. Extrañadas por tener mesitas de noche en vez de árboles. Pero pongamos después, en esa misma habitación, a cuatro personas, o incluso únicamente a tres personas —sería conveniente sacar antes las serpientes—. No es difícil de imaginar qué pasaría, qué discutirían y cuánto discutirían. Matías decidió que, en general, las personas son bastante más problemáticas que las serpientes.

Pensó todo eso mientras andaba por la avenida, buscando la pensión. Llegó a una plaza más pequeña. Había allí una casa que bien podía ser pensión pero que sólo era bar. Siguió subiendo por la avenida y llegó a una tercera plaza. Había una casa de dos alturas a la izquierda. «Pensión Malanda» en un cartel. Abrió la verja y entró a un patio. El patio tenía plantas, una exageración, y alguna flor.

Le abrió la puerta una mujer; una mujer sin rarezas y con los brazos muy redondos. Y al abrir la puerta, no abrió simplemente la puerta, también abrió la luz, porque el patio era muy oscuro y las plantas eran muy oscuras, más incluso que el propio patio. Pero la mujer abrió la luz, y lo que hasta entonces había sido una puerta de madera, oscura también, pasó a ser un rectángulo con luz, con mujer y con algún mueble debajo de la luz y detrás de la mujer.

—Buenas noches —dijo la mujer.
—Buenas.

Hizo pasar a Matías y sacó un cuaderno del bolsillo del delantal. El cuaderno tenía mugre en cantidades industriales. Y dentro alguna hoja limpia. Preguntó el nombre de Matías, y Matías dijo «Matías Malanda», y la mujer apuntó «Matías Malanda», y después apuntó «las diez y veinte de la noche» y, al lado, dentro de unos vistosos paréntesis, apuntó: «10.20». También es posible que apuntara la fecha. Después hizo un comentario:

—Es curioso. Nos llamamos igual. Pero tú no eres de aquí.

—No.

—Pensaba que no había más Malandas. En otro sitio.

Matías contestó algo. La mujer no le entendió.

La habitación de Matías era una habitación tipo pensión, pero tenía teléfono. Lo pidió expresamente cuando llamó a la pensión, que necesitaba teléfono en la habitación; sí, que pagaría un poco más; que pagaría bastante más, pero teléfono en la habitación.

Por lo demás, la habitación tenía una cama, de piedra, una mesa pequeña, una mesa más grande, «Yo soy Matilde», dos sillas, unos cuadros, «Matilde Malanda», tres lámparas, «si quieres cenar...», dos armarios y un ventanal. Lo más probable era que detrás de las cortinas del ventanal hubiera un balcón.

—¿Dónde está el enchufe?

—Detrás de la mesa. Cenamos en la cocina. Pegando a la entrada.

Matilde volvió a la cocina. Matías sacó el ordenador de la maleta entonces, y le quitó los calzoncillos de entre las teclas. Dejó desnudo al ordenador. Y pensó que no hay cosa más erótica que un ordenador desnudo.

Enchufó el aparato detrás de la mesa. 56 segundos necesitó el ordenador para encenderse del todo. Matías sentía una especie de felicidad tecnológica cada vez que se le encendía el ordenador. Sobre todo tan lejos de casa. Abrió un documento y lo volvió a cerrar. Para comprobar que, además de encenderse, también hacía caso. Apagó el ordenador.

Descolgó el teléfono entonces, convencido de que era tarde ya. Marcó el número. Era un número de teléfono más largo y más asmático que los números de teléfono normales. Pero no parecía que Matías estuviese marcando un número de teléfono; parecía que se estaba despidiendo de alguien. O que estaba diciéndole a alguien Siéntate donde quieras. Le contestó un gato:

—Sí, dígame.

—¿Miguel Malanda, por favor?

—La hora está pasada ya, lo siento.

—Bueno... Hasta mañana entonces.

—Hasta mañana.

Matías estaba acostumbrado. Salió de la habitación y bajó a cenar.

Encontró la cocina increíblemente rápido. Y cuando abrió la puerta se dio cuenta de que, aunque toda la pensión era de madera, la cocina era blanca y era desmedida. Y que más que una cocina era una sala de estar, porque tenía en la izquierda un rincón para estar, con dos sofás, y otro para hacer la comida en la otra esquina y una mesa para comer en el centro, de mármol, para 8-10 personas. Por un momento se le ocurrió pensar a Matías cuál es la razón por la que las mesas siempre se miden con números pares y no con impares; es decir, por qué no se dice una mesa para 9 personas, o una mesa para 5 personas. Pero no tardó en llegar a la conclusión de que las matemáticas tienen miles de años y de que todo estaría explicado ya por un griego que habría nacido, seguramente, bastante antes de que naciera Cristo, en Grecia, y que lo habría explicado de una manera mucho más brillante de lo que pudiera hacerlo Matías, incluso con alguna fórmula, incluso con alguna letra griega en la fórmula. Por eso dejó Matías de pensar en esas cosas, nada más empezar.

La cena era: un plato redondo, grande, con dibujos cursis y lleno de verdura. Matías intentó adivinar el tipo de verdura, pero no era especialista; no había comido más que dos o tres clases de verdura en toda su vida, todas previa amenaza. Si hubiese conocido a Matilde de antes, le habría dicho «Puff», o le habría dicho «Alguna otra cosa ya habrá igual». Pero sólo hacía unos minutos que conocía a Matilde, y en una casa recién conocida no se puede decir «Puff»; mucho menos «Ag» o «Puagg», delante de un plato de comida. Y gracias a toda la buena voluntad que pudo reunir en aquel momento, consiguió comer un 54% de aquella verdura verde con zonas amarillas y con zonas blancas y con alguna zona color crema.

Parecía que para entonces ya habían cenado todos los seres vivos de la pensión y que Matías no hacía más que estorbar. Pero tampoco estorbaba del todo; todavía quedaba una persona en la mesa: en el postre. Tendría algún año más que Matías, y le manaba sin miramientos el jugo de la naranja por la barbilla y, dos gotas, por el cuello. Matías empezó a calcular. Calculó cuántos litros de jugo puede tener una naranja, y le pareció que aquella naranja, en concreto, podía llegar a 29 litros, 2,4 por gajo.

—Malco —se presentó el hombre.

—Matías.

Y a Matías le hizo mucha ilusión que Malco le diera la mano. Y le habría hecho más ilusión si la mano de Malco hubiera estado limpia. Porque al principio le gustó el olor a naranja, pero cuando sintió que los dedos se le estaban pegando unos con otros, maldijo a Malco. Maldijo a Malco con precisión. Inventó Matías tres maldiciones nuevas para maldecir a Malco. Las inventó y las volvió a olvidar. Todo en siete segundos.

—No eres de aquí, ¿no? —le preguntó Malco.

—No.

—¿Y cómo así has venido?

Matilde dijo «Malco», gritando casi. Dijo Matilde que no se pueden hacer ese tipo de preguntas, así, sin conocer a la persona. Matías quería decirle a Matilde que tranquila, que daba igual, que no pasaba nada por preguntar, que no había problema para contestar a Malco. Y todo eso lo quiso decir con un solo gesto, pero repasó su patrimonio de gestos, y vio que era muy escaso y que no tenía ninguno para decir lo que quería decir, ni ninguno que se le aproximase siquiera. Así que a Matías se le ocurrió que lo mejor sería contestar directamente a Malco, y contestó:

—Un proyecto... —hizo entonces una pausa, Dios sabe por qué—... tengo que hacer. Del Ministerio.

En ese momento, el niño, el hijo de Matilde, que no había parado de merodear por la cocina-salón, se sentó en la mesa frente a Matías. Tenía ojos de pasamontañas, y negros. Preguntó a Matías:

—¿Qué es un proyecto?

Matías se angustió; no sabía cómo contestar, no sabía definir. Él, el mejor proyectista del Ministerio. Y, de pronto, un niño. Un niño flaco además.

—Tengo que hacer un estudio —dijo Matías—. A la gente de aquí.

Entonces hasta la chica que estaba fregando la cena puso atención. Vista por detrás parecía un saltamontes o dos; vista por delante parecía un cuadro de Renoir. La hija de Matilde.

—¿En Idus? —preguntó Matilde, empezándose a animar.

—No, en todo Arbidas: en Idus, en Lanta y en Eldas.

Matilde dijo «Ah» y quedó en silencio. En el mismo silencio en el que también quedaron Malco, la chica y el niño. Y aquel silencio le pareció pegajoso a Matías. Y supo, sin ningún tipo de duda, que era él quien tenía que decir algo, que era él quien tenía que hablar, que le tocaba a él. Y dijo Habrá que ir a dormir, como si realmente hubiera sido eso lo que quería decir.

—¿Ya sabrás ir solo? —Matilde.

—Sí, creo.

Salió de la cocina y cerró la puerta. Cuando encendió la luz de la entrada, se fijó en algo que no había visto al entrar. Se fijó en una viga que atravesaba el techo de un lado a otro. Y la viga tenía grietas, de tamaño medio y teatrales. Y en el punto en el que se unía a la pared había una tela de araña, sin araña. Una tela de araña fresca. Pero no era la tela de araña lo que le llamó la atención, no. Lo que le llamó la atención fue una abeja que había en una de las grietas de la viga. La abeja tenía la cabeza dentro de la grieta y el cuerpo fuera. No estaba viva la abeja, eso lo supo Matías desde el principio: parecía que estaba disecada, que no era más que una cáscara de abeja.

Estuvo dos minutos y once segundos mirando la abeja; y dos minutos y once segundos son pocos cuando, por ejemplo, estamos leyendo o estamos haciendo un arroz, pero es una cantidad de tiempo escandalosa para estar mirando a una abeja fosilizada.

Entonces empezó a oír voces en la cocina, al otro lado de la puerta. Se conoce que desde que él había salido nadie había dicho nada y que volvían ahora a empezar a hablar. Le pareció, con todo, raro. Pero estaba claro que eran voces lo que escuchaba ahora. Y escuchó:

—He oído que es el mejor —voz de mujer.

—¿En qué? —voz de hombre.

—No sé. En su trabajo. He oído que es el mejor del Ministerio. Y de los mejores del mundo —voz de mujer.

—Anda viento —voz de chica.

—He visto un murciélago hoy —voz de niño.

—De los mejores del mundo —voz de mujer.

Matías sentía un poco de vergüenza cuando la gente hablaba sobre él, y siempre trataba de cambiar de conversación. Pero, al no poder decirles nada a las voces de la cocina, empezó a subir las escaleras, a su habitación; para cambiar de conversación. Él solo.

Cuando entró a la habitación se acordó de que estaba indecentemente cansado. Y, como casi siempre que estaba indecentemente cansado, se puso delante del espejo. Lo primero que vio fue su pelo, con un peinado un poco insustancial. Después vio sus ojos, y el ojo izquierdo parecía que estaba más cansado que el ojo derecho. Porque le había salido una especie de bulto debajo de las pestañas, redondo, muy redondo, y rabioso.

Después de tocar tres o cuatro veces el bulto, se sentó en la cama. La cama era de madera. Tenía las patas de madera, el cabecero de madera y el colchón de madera. Y así, sentado encima de la cama, parecía que Matías Malanda estaba pensando. Pero no, no pensaba; lo que hacía era pulular. La cuestión es que Matías diferenciaba dos maneras de darle vueltas a la cabeza: pensar y pulular. Seguramente habrá 700 maneras de darle vueltas a la cabeza, pero Matías diferenciaba dos. Diferenciaba dos porque quería ser simple, sobre todo por la noche, sobre todo en una pensión, encima de una cama de madera y mantas.

Dos maneras entonces: la primera era *pensar,* más o menos sistemáticamente. O sin ninguna clase de sistema, pero queriendo pensar, haciendo un esfuerzo para pensar. La otra era *pulular.* Matías nunca sabía explicar lo que quería decir cuando decía *pulular.* Y lo solía explicar así: pongamos que estamos en la playa y nos metemos al agua. Las olas, claro, nos andan como quieren, nos llevan para aquí y nos llevan para allí. Llegamos por la noche a casa y nos sentamos en el sofá. Cuando cerramos los ojos, nos parece que todavía estamos en el agua y que las olas nos siguen manejando como quieren, para la derecha unas veces y para arriba otras, o para la izquierda también, como si estuviesen mezcladas, las olas, con parte de nuestra sangre o con parte de nuestras tripas. Pero es agradable, aunque maree un poco. Y eso es, exactamente, pulular dentro de la cabeza.

Era, para Matías, una cosa difícil de explicar. Erhard Horel Beregor lo había explicado mucho mejor en *As largartixas brancas,* en 1924. E. H. Beregor. Matías creía que E. H. Beregor siempre explicaba las cosas de manera mucho más potente que él. No más claramente o más comprensiblemente, no; E. H. Beregor explicaba las cosas de manera más potente y con más carisma. Y eso es lo que cuenta, al final. Los cuadros de Dalí, por ejemplo, no son claros, ni bonitos, ni presentables: los cuadros de Dalí son carismáticos. Los cuadros y los títulos de los cuadros. También son cachondos. Los cuadros y los títulos de los cuadros.

Sintió viento en las puertas del balcón. Dejó de pulular entonces y empezó a pensar. Pero pensó, eso sí, mucho más despacio que otras veces. Pensó arrastrándose. He ahí una tercera manera de darle vueltas a la cabeza. Pensar, pero pensar arrastrándose. Y pensó: Lampedusa escribió que el viento de Sicilia es sucio en algunos sitios. Después pensó que Lampedusa también había escrito, con las mismas ganas de escribir seguramente, que en otros sitios, en Sicilia también, el viento acostumbra a desviar las balas. Con todo lo que eso supone. Luego pensó que es difícil escribir el viento en una novela, o en un cuento, o en un poema.

Es difícil meter el viento en una novela. O en un cuento. En un poema no sé. Nunca se sabe qué intención tiene el viento. Si se pudiera pintar el viento. Un avión oficial para pintar el viento. Un color para cada dirección. El viento sur negro y el viento de galerna rosa. Un viento verde desviando balas en Sicilia. Sería un espectáculo ver el viento entonces. *Mucho más que ahora.*

Se puso el pijama. Y ponerse el pijama siempre trae algún cambio de tema, tanto si se está solo como si se está con alguien. Y empezó a imaginar.

Imaginó Matías a su novia inventada y cómo, de un día para otro, ella se pondría enferma, y cómo pasaría días sin moverse de la cama, bastante mal. Y mejoraría al noveno día, claro, aunque tuviera todavía algo de fiebre. Y después de pasar tantos días pegada a la almohada, querría arreglarse un poco, y se peinaría con un cepillo grande, hasta quedar brillante, y le pediría a él, a Matías, que le quitase los pelitos de encima del labio, y los de la barbilla también, con una pinza. Y a él, a Matías, le haría mucha ilusión que le pidiese una cosa así, y claro que se los quitaría, igual que comen los gatos las aceitunas, feliz y uno a uno.

Y fue entonces cuando agarró el sueño a Matías, con la misma actitud con la que se agarran los estropajos.

2. Tsaw latsaw

Cuando despertó, al día siguiente, Matías seguía con los despojos de uno de los sueños colgando del cerebro. Sabía que estaba en la pensión Malanda, en una cama, pero una parte de su cuerpo —un codo, por ejemplo— seguía dentro del sueño. Y el sueño era verde. Tan verde como una alfombra verde; no verde como la hierba, o verde como un bosque, o verde como la hoja de un árbol gordo. No. Todos esos son verdes fotográficos y no valen para los sueños. El verde del sueño de Matías era un verde de alfombra verde lustrosa. Y en ese verde había avionetas. Y encima de las avionetas equilibristas antiguos. Y los espectadores de los equilibristas eran abejas, y las abejas aplaudían a los equilibristas. Con una sonrisa en los labios siempre. Y simpáticas.

La cosa es que si a Matías le hubieran dicho que iba a soñar con abejas, es decir, si le hubieran dicho «Vas a soñar con abejas hoy», habría pasado despierto toda la noche. O se habría ido a dormir, sí, pero maldiciendo y diciendo palabras sucias contra la mala suerte, por ejemplo. Porque los sueños con abejas no pueden ser otra cosa que pesadillas, claro; los sueños con abejas no pueden ser otra cosa que, como mínimo, sueños bárbaros.

Pero ni mucho menos. Las abejas eran seres cariñosos. También bailaban bien, y eran totalmente compatibles con las personas. Y Matías estaba, en el sueño, al lado de las abejas y aplaudía, como ellas, a los equilibristas de las avionetas. Cómodo.

Pero de repente recordó que en cierta ocasión, de niño, abrió un higo gigante por la mitad y que, cuando estaba a punto de metérselo en la boca, vio que había una abeja dentro, muerta, y que pasó años después sin comer higos. Y no había nada que gustase a Matías tanto como los higos. Y pasó años sin comer higos por culpa de las abejas. Pero no le sirvió de nada acordarse de todo eso: no podía maldecir a las abejas del sueño. Les hubiese querido aplicar, por lo menos, una maldición simple, sin costuras. Pero no podía. Porque eran agradables las abejas del sueño, y parecía que solidarias, en dos palabras.

Y después de recordar los despojos del sueño y de hacer otras cinco o seis reflexiones insustanciales, sacó los pies de entre las mantas. Fue entonces cuando salió del sueño definitivamente; no por poner los pies en la tierra ni por sentir el frío de la madera, sino porque pisó una rana. La rana, por su parte, se llevó bastante más susto que Matías y, con una habilidad interesante, escapó por la puerta del balcón.

Le pareció extraño a Matías que la rana saliera por allí, porque había dejado bien cerrada aquella puerta la víspera. O no. A decir verdad, estaba demasiado cansado el día anterior y había estado pensando demasiadas cosas antes de meterse en la cama. Y siempre que se piensan muchas cosas a la vez, no sabe uno lo que está haciendo y lo que está dejando de hacer, y se suelen dejar encendidas las luces o abiertos los grifos o el mando de la televisión en la nevera.

Dejó de pensar en la rana y se levantó despacio de la cama para que no le bajara la tensión. Fue al espejo. En la habitación de su casa no había espejos y no recordaba Matías el tiempo que hacía que no se miraba a sí mismo tantas veces seguidas. Pero en la pensión Malanda sí había espejo en la habitación. Y los espejos son aparatos infantiles y tirando a egoístas. Esto quiere decir que todo aquel que esté cerca de un espejo no tiene más remedio que mirarse en él. Y por medio de un mecanismo aparentemente simple el espejo deja que nos veamos casi tal y como somos por fuera. Pero la consecuencia de ese espectacular proceso es más bien vulgar, ya que no vemos en el espejo nada que no supiéramos; nada aparte de darnos cuenta de que nos cuesta diferenciar la mano izquierda de la derecha, cosa extraña en alguien que haya acabado el bachillerato.

Eso sí, el bulto que tenía la víspera debajo de las pestañas no estaba ya debajo de las pestañas; estaba un poco más abajo, en la línea de las ojeras. Matías no tenía ojeras, por supuesto; los funcionarios no suelen tener ojeras. Sí tenía, en cambio, un bulto redondo, rabioso, un bulto que de un día para otro se había desplazado unos milímetros, en la cara de Matías, de arriba abajo. No se preocupó por ese curioso desplazamiento del bulto, en su cara, de arriba abajo, porque cada vez estaba más convencido de que su cuerpo era como un gato o, dicho de otra manera, cada vez estaba más convencido de que su cuerpo era un ente que vivía a su aire. Es decir, un gato.

El cuarto de baño estaba muy cerca de la habitación de Matías. Y tenía intención de ir allí cuando salió del cuarto y vio la pensión con luz la primera vez. Y todo el mundo sabe lo diferentes que son las pensiones con luz y las pensiones a oscuras. También la pensión Malanda era diferente. La pensión Malanda era un edredón negro por la noche y un plátano o un edredón amarillo durante el día. Esto quiere decir que durante el día la pensión era un sitio muy claro. Era un sitio brillante la pensión. Esto quiere decir que la luz estaba entrando en la pensión Malanda por arriba, por abajo y por casi todos los costados, como si el sol hubiese tomado demasiado café, tres o cuatro tazas. Nervioso, el sol.

Salió del baño entonces la hija de Matilde, con una toalla en la mano. Tenía unas gotas de agua en la blusa, como si se la hubiese puesto sin secarse del todo después de la ducha, y le dijo Buenos días. Después entró por la puerta que estaba a la izquierda de la habitación de Matías. Y Matías se sentía cada vez más a gusto en la pensión: a la derecha de su habitación el cuarto de baño y a la izquierda la habitación de la hija de Matilde. Y eso le traería un montón de ruidos pequeños de un lado y del otro, y le daría la oportunidad de imaginarse cosas, en un lado y en el otro. Le daría la oportunidad, por ejemplo, de pensar que la hija de Matilde y él se habían ido a vivir juntos. Y volvió a pensar que la hija de Matilde parecía un cuadro de Renoir, aunque no fuese pelirroja.

Cuando entró al baño, Matías siguió sintiendo calor, por todas las cosas que había pensado sobre los ruidos y sobre la hija de Matilde. Y para enfriar el calor que sentía no le hizo ningún bien a Matías oler el champú reciente, y mucho menos ver que la puerta del baño no tenía cerrojo. Imaginó cosas. Pensó que la hija de Matilde acababa de estar en ese mismo espacio, sola, y se le ocurrió que, en alguna otra ocasión, podrían estar los dos juntos dentro del baño, con naturalidad, solos. Después pensó que ya se le estaba yendo la cabeza otra vez.

Hizo en el baño todo lo que tenía que hacer y también se lavó un poco. Pero no se duchó; no le gustaba la ducha de la mañana. Siempre se duchaba después de comer. «Como los hipopótamos», decía. Claro que no sabía ni por asomo la hora en la que se bañan los hipopótamos; mucho menos cuándo se duchan o la marca de champú que utilizan. Pero seguía diciéndolo así y todo: Yo me ducho como los hipopótamos, después de comer.

Pensaba Matías que a la hora de ducharse la persona se tiene que sentir sucia, que es entonces cuando disfruta la ducha de verdad. Pero el que se ducha por la mañana no tiene tiempo para sentirse sucio. Todo lo que se hace por la mañana se hace sin pensar; todas las cosas que se hacen por la mañana se hacen como si estuvieran incluidas en un *pack*, ducha-desayuno-dientes. Y la ducha no sería otra cosa que una pieza más en ese *pack*. Pero la ducha era para Matías mucho más importante que todo eso. Y era por todas esas razones por lo que se duchaba Matías por la tarde. Por todas esas razones y porque le daba pereza ducharse por la mañana, todo hay que decirlo. La cosa es que siempre se duchaba después de comer, como los hipopótamos o como las ranas rojas de Madagascar.

Las ranas rojas. De Madagascar. No se me van de la cabeza. Por qué, no lo sé. La última cosa que vi en la televisión. O la penúltima. Aquí no veré mucha televisión. O igual sí. Hay una televisión en la cocina. Hay dos sofás en la cocina. Sofás grandes. Pero aquí no veré mucha televisión. O igual sí. Ranas o sapos, no sé lo que eran. *Aquéllos de Madagascar.*

Dejó el neceser en la habitación y empezó a pensar en el desayuno; empezó a pensar en la necesidad que tenía de desayunar. De hecho, cuando estaba en casa, desayunaba antes de lavarse, pero en la pensión no le parecía muy decoroso bajar a la cocina sin lavarse un poco. Ahora, sin embargo, sin desayunar, empezaba a sentir el viento sur dentro de su estómago, soplando hacia la garganta y soplando hacia los pulmones. Y el viento sur suele ser tacaño, porque no nos deja vivir y porque nos baja la tensión y porque oxida bicicletas. Entre otras muchísimas cosas. El viento sur.

Y con ese ánimo salió de la habitación y con ese ánimo llegó al rellano de la escalera. Allí, en una esquina, encontró dos curiosos elementos en los que no se había fijado la noche anterior, uno encima del otro: un tronco de árbol debajo y una escafandra encima. Dentro de la escafandra, por la ventanilla, se veía un papel. Un papel escrito.

Matías quiso saber, inmediatamente, qué era aquel papel. Pero no levantó la escafandra, porque los dos elementos estaban colocados de una manera muy precaria, a punto de caerse, daba la impresión. El conjunto parecía un cartero a punto de jubilarse.

Salió entonces la hija de Matilde de su habitación. Matías se asustó, porque no es en absoluto ético quedarse mirando a las escafandras de los desconocidos. Desde tan cerca sobre todo. Bajó rápido las escaleras, como si no hubiese visto a la chica, y entró en la cocina. La hija de Matilde entró cuatro segundos más tarde.

Matilde recibió a Matías en la cocina con todo lo que sabía hacer para recibir bien a una persona, y le dijo que para desayunar tenía café con leche o chocolate y todas las clases de galletas y que, si quería, le podía hacer un zumo, que las naranjas estaban muy bien, aunque pareciese mentira, y que también había panes, para hacer sopas, y mantequilla y margarina y mermelada y miel toda la que quisiera y. Matilde siguió diciendo cosas, pero Matías no escuchó más. Las neuronas de Matías decidieron que necesitaban un sofá, y estuvieron sentadas en el sofá y descansaron, hasta que Matilde acabó la lista o, dicho de otra manera, hasta que los labios de Matilde dejaron de moverse. Entonces se levantaron las neuronas de Matías del sofá, y dijeron No, café con leche y galletas, sólo. Matilde volvió a empezar:

—¿Has dormido bien?

—Muy bien —dijo Matías.

—Ana, trae más galletas —le dijo Matilde a su hija, sin hacer caso al muy bien de Matías, pisando el muy bien de Matías.

Matías seguía pensando en el tronco de árbol y en la escafandra, en el pasillo, en el rellano de la escalera, y no sabía si preguntárselo a Matilde o no. Pero se dio cuenta de que el café con leche estaba ardiendo, y Matías no podía tomar nada caliente, porque el calor le destruía la garganta, sistemáticamente, igual que el frío, y después tenía que pasar tres o cuatro días con anginas y con un poco de fiebre, y pensó que sería una buena táctica preguntarle a Matilde por el tronco de árbol del pasillo y por la escafandra que tenía encima, para ganar un poco de tiempo y para que se le templase el café con leche. Pero no sabía cómo hacer la pregunta: ¿Qué son la escafandra y el tronco? ¿Por qué están la escafandra y el tronco? ¿Cómo están...? ¿Qué es...?

Y empezó a preguntar sin saber cómo iba a preguntar:

—Matilde, una cosa, esto, ahí, en las escaleras, el tronco y la escafandra... —y si no había sabido empezar la pregunta, ya acabarla le parecía imposible.

Matilde empezó a contestar de la misma, sin esperar; le daba un poco de vergüenza la poca facilidad de palabra de Matías. Matilde vio perfectamente que la pregunta que Matías quería hacerle se le había convertido en pasta dentro de la boca y que no podía atravesar sus dientes. Así y todo, había entendido lo que quería preguntarle y empezó a contestar:

—No es un tronco —empezó Matilde—, es una colmena. Siempre hemos tenido abejas. Hasta hace poco. Escaparon. No pudimos coger ni una. Bueno, mi padre no pudo. Otras enfermaron. Y murieron. La escafandra no sé de dónde ha salido. Alguien habrá traído.

—Y el papel que tiene dentro.

—Ah, eso ya no sé.

Matías seguía pensando en el papel de la escafandra cuando empezó a beber el café con leche y se quemó un labio. Disimuló. Después untó unas galletas para que chuparan un poco de líquido y, en cuanto desaparecieron unos mililitros de café con leche y en la taza hubo sitio libre, pidió leche fría a Matilde, por favor. Matilde le dijo que era la leche más impresionante de todo Arbidas y que mañana le pondría el café con leche menos caliente, que perdonase.

Cuando estaba acabando el desayuno, Matías empezó a tener ganas de hacerle una pregunta a Ana, a la hija de Matilde. Porque, cuando se hace una pregunta a alguien, la respuesta es exclusivamente para el que ha hecho la pregunta, para nadie más; es decir, la persona que contesta pone en marcha una parte importante de su cuerpo para satisfacer al que ha hecho la pregunta. Y eso es lo que quería Matías con Ana.

Se acercó a la fregadera con la taza vacía en la mano y:

—Y el niño, ¿dónde está?

—¿Tomás? —dijo Ana—. En la escuela.

También la voz de Ana parecía un cuadro de Renoir. Eso es lo que se le ocurrió pensar a Matías.

Cuando se estaba lavando los dientes se dio cuenta de que no le había dicho nada a Matilde sobre la rana de la mañana. Sobre la rana que había pisado al levantarse. No le había preguntado a Matilde de dónde venía aquella rana, qué simbolizaba o si era la enviada de alguna secta. O algo.

Y cuando las últimas gotas de dentífrico desaparecieron por el agujero del lavabo, Matías empezó a pensar por fin en el día de trabajo. Tenía que empezar el proyecto. Tenía que empezar a buscar las calles, a entrar en las casas. Algunos no entenderían el proyecto, otros tendrían reparos para contestar a Matías, con muchos no haría otra cosa que perder el tiempo, sin sustancia. Así las cosas, antes de empezar, el proyecto le pareció algo angustioso. Tan angustioso como el peinado de una persona con gripe.

Por eso empezó a pensar en las cosas que necesitaba para el trabajo. Eran las nueve y veinte. Necesitaba la grabadora. La grabadora seguro. Necesitaba la carpeta de Ministerio, con los nombres y las direcciones de los informantes, y con el orden de las visitas. Necesitaba un cuaderno, un bolígrafo, una regla. Metió todo en la carpeta. Pero no era nada serio aparecer en la casa de los informantes con una sola carpeta, con una carpeta flaca. Era una carpeta tipo Ministerio además: azul, con cartón de reciclaje (si es que el cartón puede ser de reciclaje). Matías estaba convencido de que el Ministerio había comprado 20.000 carpetas en la época de la República y que todavía quedaban 17.214 en los almacenes. Tenían gomas rojas las carpetas, además de todo lo anterior.

Así pues, para aparentar, decidió llevar también el ordenador, aunque no le hiciese falta para nada. Y es que cuando lo cerraba con cariño, el ordenador tomaba forma de maleta y, con una maleta, un trabajador del Ministerio parece más del Ministerio y más acogedor y más jefe.

Salió Matías a la calle y al de diez minutos se dio cuenta de que su pelo no era más que una cosa ridícula encima de su cabeza. Esto quiere decir que el viento era fuerte y que se estaba riendo de su peinado y que le había puesto unos mechones mirando hacia aquí y otros mirando hacia allá, sin criterio. De hecho, Matías tenía entradas, aunque disimuladas, y algún que otro claro en el pelo, y el viento le dejaba todo a la vista, entradas y claros, como si quisiera ridiculizar a Matías, como se ridiculizan las fotografías de 1967 o como se ridiculizan los bolsos de las tías mayores, sin ningún miedo.

Y es que Matías tenía claros en el pelo. Y los claros son agradables en los bosques o debajo de una farola, en Londres, pero no en la cabeza de una persona joven. Y Matías se enfadó un poco con el viento, pero sólo un poco. Después siguió andando.

«Calle Théodore Maunoir» era la calle del primer informante. Ésa era la primera calle que tenía que buscar. Y no era fácil de encontrar; por el viento que hacía, sobre todo. Porque el viento suele difuminar la mitad del cerebro de las personas. O tres cuartas partes del cerebro de las personas. Por eso no era Matías capaz de encontrar la calle Théodore Maunoir. Había entendido bien la explicación de Matilde: dónde tenía que torcer a la derecha, cuándo hacia la izquierda, dónde estaba la iglesia San Nicolás y dónde, tomando la iglesia como referencia, tenía que ir para un lado y dónde para el contrario. Fuera de la pensión, sin embargo, notaba que el viento le estaba difuminando el cerebro. Y para difuminar el cerebro de Matías, el viento no utilizó una fórmula muy diferente a la que utiliza el almíbar para difuminar los melocotones.

Una de las calles era la calle Henri Dunant, y otra calle era la calle Hendrick Van Balen, y otra, por ejemplo, era la calle Egas Moniz. A Matías todas le parecían iguales. Por mucho que Hendrick y Egas no tuvieran, en vida, nada que ver.

Todos los nombres son iguales. Por el viento igual. El viento pasa por delante de las placas. De las placas de las calles. Y mezcla los nombres. La gente cree que el viento es invisible.

Todos los nombres son extranjeros. Todos iguales. Pero no pueden ser iguales. Los nombres se inventaron para diferenciar las cosas. Los nombres no suelen ser iguales. Tampoco las personas suelen ser iguales. No muy iguales. Voy a apuntar. Los nombres. Me voy a enterar. *Quién era Egas Moniz, por ejemplo.*

La calle Théodore Maunoir estaba al final de la calle Luis Appia. El portal lo encontró enseguida. Era un portal grande, exagerado, sin vergüenza. De mucho cristal, de muchas puertas, de muchos espejos; también tenía un sofá. El portal estaba orgulloso de sí mismo, o eso era, por lo menos, lo que quería dar a entender.

Aun así, Matías siempre sentía compasión por los sofás de los portales. Le parecían seres excluidos; posiblemente los seres más excluidos del mundo. Y como acostumbraba en casos así, se sentó en el sofá, aunque no fuera más que para hacerle un poco de compañía.

Entonces sintió necesidad de tocar su pelota de goma. Metió la mano en el bolsillo y tocó la pelota. Y tocó la serpiente y el abdomen de la serpiente y la cola de la serpiente. Si es que decir la cola de la serpiente no es una redundancia. Y le pareció que la serpiente se estaba riendo de él dentro del bolsillo. Por eso sacó la pelota. Para comprobarlo. La serpiente no se estaba riendo de él, por supuesto, pero, eso sí, tenía un gesto simpático, y una actitud despreocupada frente a la vida. También frente a la muerte.

Volvió a meter la pelota en el bolsillo y volvió a sentir que la serpiente se estaba riendo de él. Pero no sacó la pelota otra vez. De hecho, era grande la tentación de empezar a jugar con la pelota en aquel portal: había muchos rincones y muchas esquinas y cristales. Y no se podía dejar caer en la tentación, porque por las escaleras podía aparecer, en cualquier momento, un hombre flaco, con bigote y asma, o una mujer gorda, con bigote también; y a las personas así no les suelen gustar las pelotas que tienen serpientes dentro. Se podría decir incluso más: tampoco les suelen gustar las pelotas que están completamente vacías. Y tendría Matías que empezar a dar explicaciones. Por qué estaba jugando con una pelota, con una serpiente, en aquel portal, que ni siquiera era propietario.

Matías decidió además que tenía que empezar, de una vez, a trabajar, que no podía seguir de prórroga en prórroga. Como hasta ahora. Que tenía que subir al segundo piso y hacer la grabación. Y pensó, de la misma manera, que empezar las cosas siempre es difícil, pero que había ido a Idus a hacer grabaciones, no a estar en un sofá marrón, con una serpiente sentada en su bolsillo.

—Usted debe de ser el del Ministerio.

Le dijo la mujer que le abrió la puerta. Era una mujer mayor, una mujer mayor estándar, y tenía flores azules en el vestido. Pero parecía que las flores se le estaban saliendo del vestido, que le subían hacia la cara y que le bajaban hacia los brazos. Aquella mujer parecía un dibujo mal hecho; un dibujo hecho a mordiscos, por un niño de cinco años, nervioso.

—¿Es usted Mercedes?

—No, su hermana. Venga conmigo —llevó a Matías a un salón de madera—, espere aquí un momento.

Matías quedó solo y la mujer cerró todas las puertas. Cuando se convenció de que estaba realmente solo, dejó la carpeta y el ordenador encima de un sofá y corrió hasta donde estaba la enciclopedia, sin perder medio segundo. Allí estaba, cómo no: Enciclopedia Universal / Tabucchi. Después de tanto buscar, después de oír tantas cosas sobre ella, estaba delante de la enciclopedia Tabucchi, podía incluso tocar la enciclopedia Tabucchi.

Le pareció curioso darse cuenta de que hasta entonces no había visto, físicamente, ninguna enciclopedia Tabucchi; ni siquiera en fotografías. Le parecía curioso, por ejemplo, no saber cuál era el color de la cubierta o no tener noticia de aquellas cinco barras antiestéticas que había justo debajo del nombre. Después de haber pasado tanto tiempo buscando la enciclopedia Tabucchi, después de haber hablado tanto sobre la enciclopedia Tabucchi.

Pensó todo eso mientras buscaba la letra *g*. El tomo de la letra *g* era el tomo que tenía *Galilea-Göksu* escrito en la cubierta. Ésa era la forma de ordenar la enciclopedia: todas las palabras que hay entre Galilea y Göksu estaban allí dentro, en aquel tomo. Después buscó la palabra que quería. Encontró la palabra y leyó un par de líneas, tres, cuatro como mucho. Volvió a dejar el tomo en la balda. Hizo lo mismo con la letra *s:* cogió el tomo *Schaudinn-Tassos* y, después de buscar la entrada que quería, empezó a leer.

En ese momento sintió que se abría una de las puertas del salón. Cerró a toda prisa la enciclopedia y quiso dejar el tomo en la balda antes de que entrase nadie, como si fuese un pecador o, dicho de otra manera, como si tuviese chicas desnudas en las manos y no una enciclopedia, de nombre Tabucchi y de apariencia antiestética.

—Siga... siga mirando... si quiere —le dijo la que debía de ser Mercedes.

—No. Mejor si empezamos ya —Matías señaló el reloj, como si el tiempo le preocupara de verdad.

Mercedes le ofreció una silla en una mesa casi redonda. Y allí se sentaron los dos, pero Matías se volvió a levantar enseguida. Dijo entonces:

—Si no le importa, voy a mirar, sí... una cosa... en la enciclopedia.

Fue hasta la balda y cogió el tomo *v.* Cogió el tomo *Tizsa-Vardar.* Y aunque ese tomo tenía más palabras *t* que palabras *v*, a él le interesaban las pocas palabras *v* de ese tomo. Pero la situación era pringosa: Mercedes sentada en una mesa, detrás de Matías, mirando a Matías, y Matías mirando la enciclopedia, buscando. Había que andar rápido. Hizo la misma operación que en los dos anteriores; es decir, buscó la palabra, leyó unas pocas líneas y volvió a dejar el tomo. Después se sentó en la mesa y dijo: Ya.

—Rápido estudia usted —dijo Mercedes. Y con esas palabras le quiso dar a entender a Matías que había hecho una cosa extraña con la enciclopedia, y que ella, Mercedes, se había dado cuenta, pero que no le iba a pedir explicaciones, y que poco le importaban a ella las rarezas de los demás, que suficiente tenía con las suyas, a su edad, y que, si quería, podía seguir haciendo rarezas así o incluso peores.

Matías intentó una excusa, pero una excusa sin sustancia. Y nada más salir de su boca, la excusa cayó encima de la mesa y explotó allí, y todos los trozos de excusa se desperdigaron por la sala, sin convencer a Mercedes y sin convencer a Matías.

Cuando estaba preparando la grabadora para empezar la entrevista, se dio cuenta Matías de que la hermana de Mercedes también estaba en la sala. En un sofá, a tres metros. Le pareció a Matías que para entonces tenía las flores del vestido totalmente desmadradas, y que algunas flores estaban ya colgándole de los codos y que otras flores le estaban comiendo la cara y se le estaban metiendo por la nariz. La hermana de Mercedes vio que Matías le estaba mirando y preguntó Me puedo quedar aquí, de la misma manera que habría preguntado un cristal. Sí, mujer, le contestó Matías, y luego dijo Cómo no, o algo parecido.

—Bueno, empezamos —dijo Matías, convencido de que iban a empezar. Encendió la grabadora.

—La cosa es... —explicó Mercedes— que nos llamaron del Ministerio, sí, y que nos hablaron de esto, pero la cosa es que no entendimos muy bien cómo era la cosa. No sabemos muy bien qué es lo que tenemos que hacer.

Matías ya se esperaba que hubiera gente que no entendiese el proyecto del Ministerio, claro; cómo iba a entender todo el mundo semejante proyecto. Y por eso se lo explicó a Mercedes con paciencia. Y por eso le dijo que el Ministerio estaba reuniendo biografías especiales. Pero le pareció que la palabra «biografía» se le haría extraña a Mercedes, y le dijo que el Ministerio estaba reuniendo las vidas especiales de la gente, por todas las regiones, y que ella, Mercedes, es posible que conociese alguna persona en el pueblo que hubiera tenido una vida diferente, una vida rara, y que era igual que esa persona estuviera muerta, que la cuestión era reunir vidas raras en la grabadora. Mercedes preguntó Para qué, convencida de que todas las cosas que hacía el Ministerio eran cosas prácticas. Que no estaba claro, dijo Matías, que podía ser para hacer un archivo, o para un libro, o para una colección de libros, pero que la cuestión era reunir biografías extrañas, en la grabadora.

Mercedes empezó a pensar y repasó las vidas de todas las personas que conocía. Pero todos eran tenderos, o trabajaban en hospitales o en oficinas, y pasaban muchas horas trabajando; pasaban al día diecisiete o dieciocho horas trabajando, porque las horas de trabajo son las de mayor calidad, pensaba Mercedes, y valen el doble que las demás. Y cuando salen de trabajar, pensaba Mercedes, esas personas se quedan derretidas en un sofá rojo o verde o azul, y no tienen tiempo para hacer rarezas.

Estaba claro que Mercedes no sabía qué contar en la grabadora y fue entonces cuando habló su hermana por ella. «Lo de los hermanos de la plaza igual», dijo la hermana. «Lo de los hermanos de la plaza. Sí», aceptó Mercedes. Y empezó a contar:

—El mayor era Pablo y el otro era... El ciego se llamaba Pablo, ¿verdad, Martina?

—Sí, Pablo y Mateo. El ciego Pablo y el otro Mateo. Mateo.

Matías veía de frente a Martina, pero Mercedes tenía a su hermana justo detrás, y cada vez que le quería preguntar algo se tenía que dar la vuelta, y lo mismo cuando quería escuchar la respuesta, y el cuerpo de Mercedes hacía ñaac cada vez que se volvía a mirar a su hermana. Matías se dio cuenta de que aquella situación era incómoda y de que la comunicación se estaba empezando a convertir en una chapuza, y estaba claro, además, que Martina tenía la cabeza mucho mejor que Mercedes y que vocalizaba con bastante más solvencia, las eses y las erres sobre todo. Por eso le pidió Matías a Martina que se sentase con ellos en la mesa, que le iba a grabar también a ella. Por eso y porque la grabadora estaba grabando todos los ñaac del cuerpo de Mercedes, cada vez que se daba la vuelta, y porque transcribir la cinta iba a ser una tortura importante.

«La cosa es», dijo Mercedes mientras Martina estaba llegando a la mesa, «que los hermanos de la plaza siempre andaban a vueltas con aquel juego, todos los días, en cualquier sitio; ¿cómo se llamaba el juego, Martina?». Martina dijo que no se acordaba del nombre, pero que era parecido al ajedrez; parecido pero mucho más complicado, que se lo había explicado Mateo un día. Y cada vez que Martina decía «Mateo», todos los dibujos que se le estaban desperdigando fuera del vestido le volvían a él, y Matías entendió que Mateo no era solamente Mateo para Martina, entendió que Mateo era bastantes más cosas para Martina.

Después explicó Martina que el juego era muchísimo más complicado que el ajedrez; porque en el ajedrez siempre son los mismos movimientos, el caballo así, la torre así y la reina como quiere, pero en el juego de los hermanos las piezas siempre se movían diferente. Paró de hablar entonces Martina; miró al techo, se subió el calcetín izquierdo y siguió hablando. En el juego de los hermanos, dijo, hay que tener en cuenta la hora, las nubes y bastantes más cosas. A la hora de mover las piezas.

Teniendo como tenía la impresión de que estaba explicando el juego impresionantemente mal, Martina decidió dar una explicación más lenta, y dijo: «Quiero decir que la misma pieza se mueve diferente, por ejemplo, a las diez y cinco de la mañana o a las seis y veinte de la tarde, y que, aunque sea la misma hora, las piezas no se mueven igual con sol, o con viento, norte, o con otro viento, o con galerna». Acabó diciendo que tenía que tener una cabeza del diablo el que inventó ese juego y que los hermanos no tenían otra cosa en la cabeza.

«La cosa es», dijo Mercedes otra vez, «que se hacían campeonatos del mundo. Todos los años. O campeonatos de Europa. Y se hacían en Francia o en Suiza o en Portugal. Y los hermanos siempre iban. Iban a ver, no a jugar». Martina dijo que también jugaban y que Pablo era bueno, muy bueno, pero que era ciego y que era Mateo el que le tenía que decir, en cada jugada, la temperatura, el viento, la hora... y qué pieza había movido el contrario; y los jueces no les dejaban participar en los campeonatos, porque eso sería jugar dos contra uno. Y por eso no jugaban en campeonatos, ni en los pequeños ni en los de Europa, pero ir, sí iban, todos los años, a ver.

—Todo el año ahorrando —dijo Mercedes—, sin otra preocupación. Cinco días allí y vuelta. Sin dinero.

Después contaron que un año tuvieron que gastar todo el dinero que tenían para el viaje antes de que llegase el campeonato. Que tuvieron que gastarlo en el hospital. A Mercedes se le ocurrió de repente que ese año podía ser «el año en el que Pablo se quedó ciego», pero Martina dijo que no, que Pablo se quedó ciego de niño, con siete años o con nueve años, que no estaba segura, pero que era un número impar, siete o nueve, de niño, que eso lo sabía seguro. Entonces las dos hermanas se pusieron de acuerdo en que tenía que haber otra razón, pero lo que estaba claro era que los hermanos de la plaza se habían quedado sin dinero para ir al campeonato.

—Lituania —dijo entonces Martina. Y teniendo en cuenta el tono en el que lo dijo, Matías habría podido pensar que «Lituania» era una palabra erótica, si no hubiera sabido, hacía años ya, que Lituania es un país; un país que en la mayoría de los mapas aparece al lado de Letonia.

Martina dijo que el campeonato se celebró en Lituania y que los hermanos no tenían dinero para ir, porque habían tenido que pagar el hospital o cualquier otra cosa, que eso era lo de menos. La cosa era que no tenían dinero para Lituania.

«Entonces empezaron a vender los colchones», dijo Mercedes, «de su casa. Para conseguir dinero, para el viaje. Después vendieron las sillas y dos alfombras». Pero tampoco eso fue suficiente, parece ser, para llegar a Lituania. Y:

—Al final vendieron la bañera. Su bañera. La de su casa de siempre.

Y consiguieron el dinero para ir pero no para volver, y la gente se empezó a preocupar y les preguntaba «¿Estamos locos, o qué?», o si no les preguntaba «Ir ya iréis, pero ¿venir?»; los hermanos decían que ya se buscarían la vida, más o menos, y que, si no volvían hoy, ya volverían mañana, que total.

Fue Martina la que acabó de contar, y contó que no habían vuelto todavía los hermanos y que eran ya treinta y siete años. Y meses. Pero que la bañera que habían vendido la compró su prima, la prima de Mercedes y de Martina, y que ella, Martina, iba mucho a casa de su prima, a mirar la bañera. Y que había sido una buena compra, porque era una bañera de primera, como las que se hacían antes, y que todavía, todavía, estaba como nueva.

Matías empezó a imaginar entonces. Imaginó a Mateo bebiendo en una fuente pública, en Lituania, solo. Imaginó a Mateo solo porque imaginó a Pablo muerto, cómo no. Un ciego, tantos años. Después les dijo a las hermanas que bien, que muy bien, que eso era exactamente lo que necesitaba, para la grabadora, para el proyecto. Mercedes se emocionó y preguntó a Matías si era suficiente con aquello o si tenían que contar algo más. Matías le dijo que sí, que era suficiente, pero que si se acordaban de alguna otra persona tampoco le iba a venir mal. A Mercedes no se le ocurrió nada como para contar en la grabadora y Martina no acababa de volver de Lituania.

Matías apagó la grabadora plict. Entonces empezó la despedida y las gracias y tres-cuatro besos y los saludos y No he puesto nada para beber y Tranquila, Puedo sacar algo ahora, No gracias no, Gracias, Hasta la próxima, Hasta otra, Hasta otra, Hasta otra, Sí.

Cuando salió a la escalera, a Matías le vinieron a la cabeza las escaleras de los médicos de cabecera. De hecho, son bastante diferentes las escaleras de los médicos de cabecera y las escaleras normales. Una de las características más elegantes de las escaleras de los médicos de cabecera suele ser, por ejemplo, que bajan la fiebre. Esto quiere decir que, al salir de la consulta del médico de cabecera, es en la escalera donde les baja la fiebre a los pacientes casi siempre, como si la escalera tuviera algún acuerdo con el departamento de Sanidad, del Gobierno. Y eso es siempre así. Claro que las escaleras de Martina y Mercedes no tenían nada que ver con las escaleras de los médicos de cabecera, pero en las escaleras de Martina y Mercedes a Matías le vinieron a la cabeza, sin otra explicación, las escaleras de los médicos de cabecera.

Apareció en la escalera entonces una curiosa mosca. Una mosca ciega. Y Matías pensó que, seguramente, la mayoría de los médicos del mundo, por muchas cosas que hubieran estudiado, no habrían visto en su vida una mosca ciega. Y él estaba viendo una mosca ciega en aquel momento. Supo que era ciega porque no paraba de pegarse contra todas las paredes de la escalera —sin un criterio concreto— y porque de vez en cuando volaba por detrás de un cuadro que había en una de las paredes de la escalera. Y la razón definitiva: una de las veces que se posó en el suelo, Matías le puso la suela del zapato encima, amenazando con pisar, y la mosca ni se inmutó. Y todo el mundo sabe que las moscas son los seres más rápidos del universo, que es casi imposible coger una mosca. Y si no son los seres más rápidos del universo, sí de los más rápidos; es posible que los segundos o los terceros en la clasificación de los seres rápidos del universo. Pero la mosca de la escalera no se movió ni un milímetro cuando Matías le puso la suela encima; por eso pensó que debía de ser ciega. Pero también pensó que podía ser una mosca sin seriedad, una mosca contraria a las normas tradicionales de las moscas. O en contra de algo.

Aquella mañana hizo Matías otras dos grabaciones, y una de las cosas que grabó era interesante, pero las demás no tanto. Aun así, tendría que volver a escuchar todas las cintas en la pensión, por la tarde. Por si se podía aprovechar algo más. Transcribiría algunas cosas; otras ni loco. Se repitió esa frase cinco o seis veces. En el Ministerio le habían dicho que transcribiese todo. Todo. Pero no iba a transcribir todo. Eso le parecía perder el tiempo. *Perder el tiempo.* También esa última frase se la repitió cinco o seis veces. *Perder el tiempo.* Iba a transcribir las buenas. Las otras no.

También en las otras dos casas estaba la enciclopedia Tabucchi, cómo no. Y en las dos hizo Matías lo mismo que había hecho en la primera, en la de Martina y Mercedes: buscó las mismas palabras, leyó un poco y volvió a dejar los tomos en su sitio. En una casa lo hizo a escondidas; en la otra pidió permiso.

Después se volvió a meter en el viento. Y se le ocurrió que el viento, de no ser tan primario, podría estar, perfectamente, hecho de gomaespuma. O de cualquier otro material extravagante. El viento le dio unas ideas y le quitó otras. Le hizo pensar, por ejemplo, que en la pensión habría vainas para comer.

3. Vredaman

Lentejas. Matías pensó que podía haber sido mucho peor. Tampoco le iban a llevar a la euforia las lentejas, pero podía haber sido peor. Eso sí, le habían puesto demasiadas lentejas en el plato, seiscientas igual, y tenían mala pinta, caldosas.

Demasiadas lentejas. Sudando tiene que estar el plato, tantas lentejas encima. Cuánto tiempo hace falta para comer todo esto. Horas igual; días enteros igual. Porque es mucho. Por lo menos tienen buena pinta. Caldosas. Así solía pedir en casa. Caldosas. Pero me han puesto demasiadas. *Cuatrocientas lentejas seguro.*

Matías se cansaba sólo de ver tantas lentejas juntas. Cuando veía las lentejas a solas o en cuadrillas pequeñas le parecían simpáticas, incluso podía llegar a cogerles cariño. Pero cuando veía tantas juntas, unas nadando y otras simplemente felices de ser lentejas, se cansaba y, poco a poco, se terminaba por enfadar. Se enfadaba porque tenía que pasar un montón de tiempo delante del plato, hasta acabar todas las lentejas, y porque tener que comer todos los días era un calvario para Matías. Y cuantas más lentejas en el plato, más alto era el calvario; veinticinco centímetros crecía el calvario por cada lenteja. Y por eso se enfadaba Matías. Y la hora de comer era el único momento del día en el que Matías se enfadaba sin motivo aparente. Por eso no solía hablar a la hora de comer. Porque sabía de sobra que si empezaba a hablar iba a decir alguna barbaridad. A alguien que no se merecía la barbaridad, seguramente.

      —¿Qué tal en el Museo? —le preguntó Matilde a Malco, sin tener en cuenta las diecisiete lentejas que le estaban bajando por la faringe.

—Como siempre —Malco.

—Sigue el problema.

—Y seguirá.

      En la segunda casa en la que había estado Matías por la mañana, también le habían hablado sobre el Museo. Y sobre un cuadro del Museo. No sabía qué estaba pasando en el Museo, qué estaba pasando con ese cuadro. *Algo sí. Seguro.*

      La cuestión es que cuando salió de la casa de Mercedes y entró en la segunda casa de la mañana, dijo «Vengo del Ministerio», y una mujer con huesos le dijo que no, que ella no sabía nada del Museo y del cuadro, que tendría que esperar a que llegara su hijo, pero que solía salir a las dos de trabajar, o un poco más tarde, y que todavía era demasiado temprano, que mientras le podía sacar un poco de queso y un poco de jamón, y también algo de beber, si le apetecía o si no sufría del estómago. Matías le tuvo que explicar que él había ido a hacer una grabación, no a hablar del Museo ni de ningún cuadro. Entonces recordó la mujer que claro, que había recibido una llamada del Ministerio, sí, hacía un mes más o menos, o puede que hiciera una semana, más o menos. La mujer dijo que perdón, que le había confundido, Perdone usted. Con todo, hicieron la grabación.

Y después de preguntarle a Malco Qué tal en el Museo, Matilde empezó a hacerle preguntas a Matías. A Matías le preguntó Qué tal el proyecto y A casa de quién has ido hoy. Y le gustó a Matías que Matilde le hiciera preguntas, y se alegró, y empezó a pensar que tampoco estaba tan a disgusto. Por eso empezó a hablar a jarros, y dijo más cosas de las que quería decir, y dio detalles sobre las grabaciones que había hecho por la mañana, aunque sabía perfectamente que ni a Matilde ni a Malco les interesaban sus asuntos; mucho menos a Ana y a su hermano. Así y todo siguió hablando. Y habló de detalles sobre los que casi no se puede hablar; habló de detalles tales como el vestido de Martina, la mosca anarquista de la escalera o la nariz cariñosa que tenía el hombre al que le hizo la grabación en la tercera casa de la mañana.

Matías se llevó una sorpresa cuando vio que todos los que estaban en la cocina se le habían quedado mirando, sin hacer caso a las lentejas. Tomás llegó, incluso, a hacerle una pregunta. Y preguntó: «¿Quién era cariñoso, el hombre o la nariz?». Matías le contestó que era la nariz la que era cariñosa, claro, y que es posible que también el hombre lo fuera, que no sabía, que en hora y media no se puede medir la cantidad de cariño de la persona. Y le contó más cosas sobre la personalidad de las narices, pero al rato le dio vergüenza seguir explicando, porque le estaba mirando todo el mundo, porque le estaba mirando Ana.

Matilde comentó que conocía a Mercedes y a Martina, sobre todo a Mercedes, y que también conoció a Pablo y a Mateo, pero que ella, Matilde, era muy joven cuando se marcharon al extranjero.

Que Mateo era un chico muy guapo y que se afeitaba mejor que nadie, todos todos los días, una vez en invierno y dos en verano; eso era lo que solía decir la madre de Matilde, que jamás le había visto a Mateo un pelo en la cara. Pablo era ciego, dijo después. Ha habido muchos ciegos en Idus. Ahora hay menos. Habría que hacer una estadística con los ciegos de Idus. Después hizo unos cuantos comentarios más sobre los ciegos, arbitrarios todos, y empezó a trepanar el pollo.

—¿Y no hay nadie más en la pensión? —preguntó Matías, mirando sin demasiada saña al pollo que le acababan de poner en el plato.

—Mi padre —dijo Matilde—, pero casi nunca sale de... ¡Tomás!

Y era que Tomás se había levantado de la mesa sin acabar el pollo. Pero ya estaba volviendo, con un cuaderno y con un lápiz.

—¿Está enfermo? —volvió a preguntar Matías, para que Matilde no le siguiera gritando a Tomás.

—¿Mi padre? —Matilde—. No.

Le explicaron que no, que no estaba enfermo, pero que no quería salir del cuarto. Le explicaron que el padre de Matilde había inventado una fórmula matemática, una fórmula complicada, y que sólo salía del cuarto cuando se cumplía esa fórmula. Es decir, todos los días aplicaba la fecha en la fórmula; 10 de septiembre de 2007, por ejemplo. Y x era el día ($x=10$), y era el mes ($y=9$) y z era el año ($z=2.007$), y si el resultado de la fórmula era 54, 107 o 218 (también podían ser otros cinco o siete números, no se sabía), entonces, y sólo entonces, era cuando el padre de Matilde salía de la habitación. Solamente ese día. A veces pasaba el día entero fuera de la habitación, pero había veces que al de media hora (también menos) volvía a entrar.

Ésa era, precisamente, la razón por la que había cogido Tomás el lápiz y el cuaderno: para escribir la fórmula y para enseñársela a Matías. Pero Tomás era zurdo, zurdo convencido además y, mientras escribía, iba pasando la mano por encima de lo que acababa de escribir, y borraba la mitad, porque la grasa del pollo le seguía goteando de la mano al papel. Así pues, cuando se lo enseñó a Matías, éste no pudo ver gran cosa, aparte de una z, dos x y algunas multiplicaciones y tres restas. También había algo parecido a un cuervo encima de la fórmula; un cuervo de grasa de pollo.

Teniendo en cuenta la cantidad de operaciones y la largura de la fórmula, parecía una cosa realmente complicada. Así y todo, Matías le dijo
—Gracias
a Tomás. Malco, entonces, se levantó de la mesa de repente. De hecho: «Tengo que ir al Museo». Eso molestó a Matías. No le molestó, por supuesto, que Malco tuviera que ir al Museo; a Matías le molestó que Malco se pusiera de pie o, dicho de otra manera, que la parte de atrás de las rodillas de Malco pasase de estar en un ángulo de 90 grados a estar en un ángulo de 180 grados (todo más o menos, claro). Eso quería decir que la sobremesa estaba a punto de desintegrarse, que Matilde empezaría a recoger los platos, que Ana la ayudaría y que Tomás volvería a pulular por la cocina. Y Matías estaba a gusto en aquella sobremesa, muy a gusto, y sabía perfectamente que, si se levantaba de allí, tendría que subir a la habitación, y que tendría que

empezar a trabajar, a transcribir las grabaciones. Entre otras cosas. Por eso maldijo a Malco. Pero fue, como mucho, una tanda de maldiciones de cinco o seis segundos. Las maldiciones de Matías nunca eran de mucho aguante; las maldiciones de Matías nunca eran, por ejemplo, maratonianas.

Cuando comprendió que la sobremesa no tenía arreglo, también Matías se levantó. Pero se levantó igual que se levantan los gusanos después de las comidas, sin ganas de nada. Y quedó muy cerca de Ana al ponerse en pie. Y vio que ella tenía un pelo muy largo y muy delgado en el cuello, un pelo blanco. A Matías le gustó sin control aquel pelo de Ana. Ella se movió, sin embargo; fue hasta la ventana para ver el helicóptero que estaba pasando por Idus en aquel momento. Matías pensó inmediatamente en el daño que le hacen los helicópteros a la intimidad.

Matías preparó en la habitación las cosas que necesitaba para trabajar: la grabadora, el ordenador, fichas, hojas sueltas. También sacó del bolsillo la pelota de goma; la pelota de goma era indispensable para trabajar. Pero enseguida se acordó de que todavía tenía que ducharse. Tampoco se había lavado los dientes. Además, recordó de un solo golpe esas dos obligaciones, y se angustió un poco, porque eso le retrasaría los trabajos de la tarde. Se angustió porque no le iba a dar tiempo para hacer las cosas que realmente quería hacer. Aparte de trabajar. Y sería una catástrofe, por ejemplo, que acabase los trabajos de la tarde —las transcripciones y lo demás— a las nueve de la noche: ya no le quedaría tiempo más que para cenar y para irse a la cama. Y, aunque tanto cenar como irse a la cama sean cuestiones importantes, Matías quería hacer cosas mucho más valiosas. Quería, por ejemplo, jugar con la pelota de goma, utilizar el diccionario de portugués, leer a Faulkner o llamar a su hermano Miguel. De hecho, todas esas eran maneras diferentes de jugar. Y jugar era lo que realmente quería hacer Matías; pasar la mayor parte del día jugando.

Los dientes se los lavó bastante rápido. Por otra parte, comprobó que el bulto que tenía por la mañana debajo del ojo seguía bajándole por la cara, sin ninguna clase de reparo anatómico. Y con mucha ilusión. Lo tenía para entonces en la parte superior del papo. Los dientes se los lavó rápido. También las muelas.

Ducharse era ya otra cuestión. Para Matías, la ducha más insulsa del mundo era muchísimo más importante que la mayoría de las cosas que pueden hacer las personas. Esto quiere decir que la primera vez que oyó la palabra «catarsis», Matías recordó la ducha. No sabía por qué, pero la ducha era una catarsis para Matías. Y no sabía por qué. Es más: Matías era incapaz de explicar el concepto «catarsis». Y cuando no sabemos explicar una cosa, se nos escapa del cerebro, dando saltitos, si es que alguna vez la hemos tenido dentro de él. De hecho, puede pasar que un día no sepamos explicar algo que tenemos en el cerebro; porque las palabras resbalan en nuestra lengua y se pegan con la cabeza en el paladar, o porque nuestras frases tienen catarro. Es posible también que la segunda vez que tratemos de explicarlo pase algo parecido. Pero si la tercera vez tampoco lo sabemos explicar, mal asunto. Y Matías no había hecho menos de cien intentos de explicar la palabra «catarsis». Siempre a sí mismo; cada vez que entraba en la ducha. Nunca lo explicaba bien. Pero las duchas seguían siendo catarsis para Matías. Las duchas de invierno sobre todo.

Matías entró en la ducha teniendo en cuenta todo lo anterior. Sintió frío, aun así. Se le congelaron todos los pelos del cuerpo cuando puso los pies en la bañera. Porque las primeras cosas que se enfrían en el cuerpo suelen ser la nariz y los pelos del ombligo. Eso es fácil de probar. Después se enfrían todos los demás pelos.

Cerró la mampara y sin excesivo esfuerzo se dio cuenta de que era una mampara opaca o, dicho de otra manera, se dio cuenta de que nada ni nadie que estuviera dentro de la bañera se podía ver desde fuera, ni nada de lo que estuviera fuera se podía ver desde dentro. Así era. También era blanca aquella mampara y tenía unas pinceladas como de color castaño, por aquí y por allí. Matías no sabía si las manchas eran de la propia mampara, es decir, hechas por un decorador, o si eran, simplemente, aportaciones de todas las personas que habían pasado por la ducha. Dudó porque las manchas eran asistemáticas pero con un claro objetivo artístico.

Tardó su tiempo en conseguir la temperatura que quería y empezó a sentirse a gusto poco a poco. Debajo de la ducha. Y no oía más que el agua. Y el sonido del agua era casi aristocrático. Y estuvo oyendo el agua hasta que empezó a oír este otro sonido: ras-ras algunas veces, res-res otras. Parece ser que había alguien lavándose los dientes mientras Matías estaba en la ducha. En el mismo cuarto de baño. A dos pasos. Matías se puso nervioso; empezó a andar para un lado y para el otro, sin darse cuenta de que estaba andando, y empezó a temblar, debajo del agua caliente. No tenía valor, además, para abrir un poco la mampara y mirar quién era el intruso. Sin mirar sabía, sin embargo, que era Ana la que se estaba lavando los dientes, cómo no; porque ningún otro de los que estaban en la pensión podía lavarse los dientes de manera tan elegante; porque nadie, dicho de paso, podía hacer, al lavarse los dientes, un sonido tan modélico.

Ese pensamiento llevó a Matías prácticamente hasta el suspiro, y se quedó pegado a la mampara, lleno de vergüenza. Y todos los pelos de las piernas se le pegaron contra la mampara y contra la decoración color castaño de la mampara.

Estuvo en esa posición antihigiénica hasta que la persona que se estaba lavando los dientes se fue del cuarto del baño. Salió corriendo de la ducha entonces y se empezó a secar al lado de la puerta, por si alguien volvía a hacer conato de entrar, para poner la mano en la cerradura, para decir «Estoy yo».

Se estuvo frotando con la toalla hasta que se secó incluso la gota más despreciable del cuerpo. A Matías le daba no sé qué ponerse la ropa sin secarse del todo. Y estaba totalmente convencido de que si le quedaban gotas de ducha debajo de la camisa, le iban a entrar dentro del cuerpo y, mediante un proceso que no tenía muy claro, le iban a subir hasta la garganta y le iban a inflamar las amígdalas. Esto quiere decir que si dejaba unas gotas de ducha sin secar, iba a enfriarse y, por supuesto, a coger anginas, y las anginas no son lo mismo en casa y en una pensión. Tampoco la fiebre.

Y mientras se secaba con obsesión, pensó que: si Ana había entrado en el baño estando él en la ducha, también era posible que pasase al revés, que entrase él cuando ella. Sin querer, claro; por casualidad, claro; y sin provocar la casualidad, claro. De hecho, sería bastante innoble provocar la casualidad y abrir la puerta del baño de repente, al oír dentro el sonido de la ducha o al oír dentro las últimas gotas de una ducha joven, tanc-tanc. Eso sería bastante innoble. Pero al mismo tiempo pensó que sería innoble, sí, pero que a él tampoco le gustaban las cosas muy muy nobles. Y le vinieron a la cabeza los condes y las condesas y los barones y un poco más tarde los marqueses, porque todos esos son nobles y son antipáticos, para casi todo el mundo. Matías sabía perfectamente que no tenían nada que ver esos nobles y el concepto «noble» o el concepto «innoble», pero lo que estaba haciendo era intentar echar a perder su reflexión. A propósito. Estaba boicoteando su propia reflexión. La cosa era que antes de empezar a reflexionar ya sabía cuál iba a ser la conclusión. Y la conclusión era: no podía abrir la puerta del baño de repente cuando supiese que Ana se estaba duchando. Pero no quería llegar a esa conclusión, por si acaso. Y por eso intentaba boicotear su reflexión, con saña y por si acaso.

Acabó de secarse el cuerpo y se vistió. Después salió al pasillo. También eso era nuevo para Matías: en casa solía ir desnudo del baño a la habitación. En la pensión, en cambio, le pareció un poco aparatoso salir sin ropa al pasillo. Su cuerpo desnudo podía, perfectamente, dejar sin respiración a varias personas a la vez.

Pero en el pasillo no había nadie, y llegó rápidamente a la habitación. Y nada más entrar en ella, Matías se sorprendió de sí mismo. Se quedó mirando fijamente al ventanal. La cosa es que para Matías los ventanales eran uno de los inventos más grandes. De siempre. También le gustaban las ventanas, las pequeñas y las medianas, pero los ventanales eran el invento más grande para Matías. Por eso se sorprendió de sí mismo: desde que llegara a la pensión —casi un día entero— no había mirado por el ventanal; es más, ni siquiera había corrido las cortinas. Y tener ventanal propio en la habitación era un lujo para Matías, y la persona no está en el mundo para desaprovechar lujos. Y el ventanal sigue siendo lujo aunque dé a un sitio muy feo, o a un patio con humedad, o a la casa de Kafka. Da igual lo que se vea por el ventanal, la cosa es que se puede ver. Y eso es un lujo. Y Matías no podía desaprovechar el lujo.

Apartó las cortinas. El ventanal tenía un balcón, cómo no. Salió. Había viento, pero no como por la mañana, no como en la calle. Andaba más tranquilo el viento. Podía ser, sin embargo, que en la calle hubiera galerna y que en el balcón ni se notase. Con todo, parecía que el viento estaba con la lengua fuera ya, porque había chocado contra un cable eléctrico, por ejemplo, y que llegaba al balcón, hasta donde estaba Matías, sin ganas, ni siquiera, de molestar a las personas.

Matías miró hacia delante. El siguiente edificio estaba a veinte o treinta metros. Y en esos veinte o treinta metros, es decir, en la parte de atrás de la pensión, la familia Malanda tenía una parcela. Y en la parcela había hierba. Pero no era hierba sin más, también tenía arbustos. Pero no era hierba y arbustos sin más, también tenía árboles. Pero no era hierba y arbustos y árboles sin más, también tenía unas piedras extravagantes, en el centro y en las esquinas. Las piedras estaban perfectamente trabajadas, y pulidas: unas eran blancas, otras más verdosas. Casi todas tenían letras, escritas con mimo y centradas en la parte de arriba. Pero, miradas desde el balcón de una pensión, parecía que algunas letras no eran letras, sino números, y Matías hubiese apostado algo a que aquellas piedras no eran piedras. Hubiese apostado algo a que aquellas piedras eran lápidas. Pero desde el balcón de una pensión no se pueden hacer afirmaciones tan rotundas, porque todo aquello podía ser un truco de los ojos o, mucho peor, todo aquello podía ser un truco del cerebro, y el cerebro puede llegar a ser un ser peligroso, sobre todo cuando estamos fuera de casa; sobre todo cuando estamos, por ejemplo, a siete horas de casa, en tren.

Aquellas piedras, por tanto, en vez de lápidas, bien podían ser esculturas, o colmenas, o aparatos que se escapaban a la inteligencia de Matías, para trabajar la tierra o para adornar las parcelas de detrás de las pensiones. Porque no es del todo normal que haya lápidas en una casa particular. Y sería incluso ilegal que debajo de esas lápidas hubiera tumbas. Y no cabe en la cabeza de nadie, por supuesto, que dentro de las tumbas —detrás de una pensión, en una parcela— hubiera personas; es decir, huesos, pelos, pares de zapatos, de cuero, y algún gesto característico del muerto, como la postura de la espalda o la desviación del dedo gordo del pie, 41-42 grados, hacia la izquierda.

Matías tendría que pedirle a Matilde que le enseñase la parte de atrás de la pensión, de cerca, pero más tarde, o al día siguiente; ahora tenía que empezar a trabajar, las transcripciones y lo demás, porque eran ya las cinco menos diez. De la tarde.

Encendió el ordenador y lo abrió encima de la mesa. Puso la grabadora a la izquierda del ordenador, apagada todavía. Lo primero que tenía que hacer era rellenar las fichas de los informantes. Y rellenó la ficha de Martina y de Mercedes. La mayoría de los datos de las fichas, por supuesto, no valían para nada, pero hacían que el proyecto pareciese una cosa importante, una cosa seria. Y en el Ministerio se emocionaban como sioux cada vez que llegaba un proyecto que parecía una cosa seria.

Después transcribió la historia de Mateo y de Pablo. La historia que le habían contado Martina y Mercedes. Y por un momento imaginó la bañera que habían vendido los hermanos para ir a Lituania encima de un tejado. Imaginó la bañera encima de un tejado sin ninguna razón lógica; simplemente apareció así en su cabeza: una bañera clásica, un poco barroca, encima de un tejado. Y en esa curiosa escena, Martina estaba junto a la bañera. Es más, estaba acariciando la bañera, y utilizaba el sistema típico para acariciar bañeras, es decir, de arriba abajo primero, de izquierda a derecha después.

No duró mucho, sin embargo, el momento de inopia de Matías, y al segundo estaba trabajando otra vez. Escuchó entonces la cinta que había grabado en la segunda casa. No tenían demasiado interés las cosas grabadas en la segunda casa. O, dicho de otra manera, no tenían ni el más mínimo interés las cosas grabadas en la segunda casa. Que tal había tenido un hijo antes de casarse, que el otro se había juntado con una mujer de 42 años, que el vendedor de lotería había estado en la India, en una playa, quince días.

Por eso retiró la segunda cinta. No transcribió ni una sola palabra. Después cogió la cinta grabada en la tercera casa. La tercera casa sí; había merecido la pena la tercera casa. Román le había dicho cosas que merecían la pena. Sobre todo una.

Matías ya conocía la historia que le había contado Román, pero la conocía a trozos. Y Román había añadido nuevos trozos. Y había trozos que Matías conocía hacía años y que Román no contaba, o no quería contar. Parecía que aquella historia todo el mundo la conocía a trozos, y parecía, del mismo modo, que alguno de los trozos eran falsos, o, por lo menos, no del todo verdaderos.

Román dijo «Puede que le guste la del italiano». Y empezó a contar la del italiano. Román no tuvo ninguna clase de duda cuando dijo que el protagonista de la historia que iba a contar era italiano, pero en muchas de las versiones que había oído Matías, había sido rumano, y en algunas pocas polaco.

—Dicen que vino directamente de Italia aquí —dijo Román—, que le echaron de Italia.

A Matías se le hizo raro escuchar «le echaron de Italia». No conocía ninguna versión en la que le echaran de Italia, ni de ningún otro sitio. Se lo preguntó a Román. Por qué le habían echado de

Italia. Tampoco Román lo tenía muy claro. Parece ser que era actor, en Italia, de teatro, buen actor, parece ser, pero que no sabía callarse, ya se sabe. Incluso había empezado a hacer películas, pero no se callaba; no se callaba ni delante del dinero y, ya se sabe, cosas de actores. Y ni Matías ni el propio Román sabían cómo eran las cosas de los actores, pero que sí, que ya sabía, había dicho Matías, y los dos se habían quedado satisfechos, como si hubiesen aclarado un punto negro de la biografía del italiano y como si no hubiese más estorbos para seguir contando la historia.

—Dicen que vino directamente de Italia —repitió.

Pero Román sabía perfectamente que había estado por toda Europa antes de llegar a Idus. En Polonia, en Austria, en Rumanía; sobre todo en Rumanía. Todo eso lo sabía Román sin ningún tipo de duda, porque él mismo se lo había preguntado al italiano. Se lo preguntó el mismo día que compró la enciclopedia. Porque a eso era a lo que había venido el italiano a Idus, a vender enciclopedias.

«Mire la enciclopedia», le dijo entonces a Matías. Román tenía la enciclopedia Tabucchi en otra habitación. Ésta era la enciclopedia que vendía el italiano. Matías dijo ah, como si fuera la primera vez que veía la enciclopedia Tabucchi.

—Terrible era aquel hombre.

Eso fue lo que dijo Román. No dijo «Aquel hombre era terrible», no; dijo «Terrible era aquel hombre». Porque no es lo mismo decir «Aquel hombre era terrible» o «Terrible era aquel hombre». Es muchísimo más duro decir «Terrible era aquel hombre».

Román quería decir con esa frase que no había persona en Idus que no le hubiese comprado una enciclopedia al italiano. Luego dijo: Es posible que alguien no comprase la enciclopedia, pero muy pocos. Luego dijo: Casi todo el mundo le compró la enciclopedia al italiano. Todos los conocidos de Román habían comprado la enciclopedia. Pero, dijo, el Idus de entonces no era el Idus de ahora. Ni parecido. Dijo Román.

Matías hacía de vez en cuando un gesto de sorpresa, porque le quería dar a entender a Román que jamás había oído semejante historia y que le parecía increíble que una sola persona pudiese vender tantas enciclopedias. Pero hacía ya tiempo que Matías había leído los datos del Ministerio. En enero se cumplían diecisiete años desde que el italiano, o rumano, o islandés, o fuera de donde fuera, había estado en Idus, y bien claro decían los documentos que había vendido la enciclopedia en el 88% de las casas. El ochenta y ocho por ciento de las casas habían comprado la enciclopedia Tabucchi, y eso se podía comprobar en los archivos del Ministerio. Y ese dato les resultaba muy curioso a los trabajadores del Ministerio, y muy llamativo. Matías podía jugarse incluso la punta de una uña a que casos como ése no había en el mundo dos.

Le faltaba poco a Matías para acabar la transcripción de Román; es posible que lo más interesante. Así y todo, cogió la pelota de goma y se sentó en la cama. Quería jugar un poco antes de seguir transcribiendo.

No miró a la serpiente de la pelota a la cara. Empezó a calcular. Calculó cómo tenía que tirar la pelota para que, después de pegar en tres paredes de la habitación volviese a su mano (pared izquierda, techo, pared derecha, mano de Matías; o pared derecha, pared izquierda, techo, mano de Matías, etc.).

Calculó y tiró. Y la pelota pegó en las tres paredes que había elegido, sí, pared derecha, techo, pared izquierda, pero en vez de volver a la mano de Matías, se fue a la otra punta de la habitación. Y empezó a dar botes cada vez más pequeños, hasta que al final se fue rodando hasta, exactamente, el polo contrario de donde estaba él. Matías tuvo que levantarse de la cama y agacharse a recoger la pelota. Eso quería decir (tener que levantarse de la cama y tener que agacharse) que era grande el ridículo que había hecho Matías en el juego que él mismo acababa de inventar. O mejor dicho: había hecho el ridículo en la primera fase del juego que acababa de inventar. Porque el juego tenía diez fases o, dicho de otra manera, Matías tenía otras nueve opciones de tirar la pelota y recogerla sin moverse de la cama. Ésa es, precisamente, la ventaja de los juegos recién hechos: después de hacer el ridículo, aparecen nuevas reglas; nuevas reglas que dejan en ridículo al ridículo que se acaba de hacer.

Podía tirar, por tanto, otras nueve veces. Se volvió a sentar en la cama. Tiró la pelota y esta vez sí le volvió a la mano, pero sin pegar en el techo. Había sido un tiro cobarde, demasiado suave. Matías tenía miedo de que la pelota se fuese otra vez a la otra punta de la habitación, tenía miedo de tener que volver a levantarse de la cama, de tener que volver a agacharse.

En el tercer tiro sí. En el tercer tiro la pelota pegó en las tres paredes y volvió a la mano de

Matías. También en el cuarto y en el quinto tiro. Dejó de jugar entonces; le había cogido el truco demasiado rápido. Además, tenía que acabar la transcripción de Román.

—Mucho —la voz de Román otra vez, en la grabadora—. El italiano vendió mucho aquí.

Pero lo más importante no era que el italiano hubiese vendido muchas enciclopedias en Idus; lo curioso del caso era que el italiano metía cosas en algunas de las enciclopedias que vendía. El italiano metía regalos en algunos tomos. Normalmente, sin embargo, no valían para nada las cosas que el italiano metía en las enciclopedias. Metía, por ejemplo, billetes de lotería de hacía siete años, metía facturas de zapatería, metía recibos de luz y agua. También metía papeles sueltos: unos totalmente en blanco y otros con letras y números extraños. «Los números no son extraños», dijo Román. «Los números no pueden ser extraños. Porque todo el mundo conoce todos los números, del cero al infinito. Del menos infinito al más infinito. Todos.» Después dijo «Los números no pueden ser extraños, claro. Lo que es extraño es que aparezcan escritos en un papel, en una enciclopedia nueva. Dentro de una enciclopedia nueva».

Después explicó que alguna vez sí había aparecido alguna cosa de valor en las enciclopedias. Muy pocas veces, eso sí. Que incluso alguien había encontrado dinero: algún billete pequeño, algún cheque pequeño. También dijo Román que en una enciclopedia había aparecido un sello, vistoso y rumano. Y que un amigo suyo había encontrado un bombón metido en un tomo. Y que, debido al peso de la enciclopedia, el chocolate se había extendido por las hojas. Y que como Dios quiso que el chocolate fuese un material totalmente opaco, el dueño de la enciclopedia nunca pudo leer la información de esas páginas; nunca pudo leer qué es un *gaucho,* de dónde era la madre de *Gauguin* o cómo y en qué año murió *Gaudí.*

Román no lo sabía muy seguro, pero parecía que el italiano no metía esos regalos en cualquier sitio. Es decir, el italiano había elegido tres o cuatro páginas concretas para meter los regalos, y si no los metía en unas los metía en las otras. Pero siempre en esas tres o cuatro páginas. Román no sabía cuáles eran, pero él había revisado toda su enciclopedia, de arriba abajo, y no había encontrado nada.

De hecho, el italiano había metido cosas en muy pocas enciclopedias. En la de un primo de Román, por ejemplo. En la enciclopedia de un primo de Román habían aparecido billetes de tren. Y eran billetes de tren válidos, y si se utilizaban uno tras otro, se podía llegar a un pueblo de Bretaña. Y eso fue lo que hizo el primo de Román: coger todos los billetes y meterse en el tren.

—No me acuerdo del nombre del pueblo —Román.

Que era un pueblo pequeño sí, eso sí recordaba Román, muy muy pequeño, en Bretaña, y que no había pensiones ni sitios donde dormir. Y que fue el cura el que le dejó un sitio para pasar la noche, en la sacristía. Y que durmió en un sillón. Y en la sacristía había de todo, como en todas las sacristías. Pero en la sacristía de aquella iglesia, además de haber de todo, había también otra cosa: una enciclopedia Tabucchi completa. Eso fue lo que le llamó más la atención al primo de Román, la casualidad. Una enciclopedia Tabucchi, en un pueblo de Bretaña. Y el primo de Román cogió la letra *b,* pero la enciclopedia Tabucchi de aquel pueblo de Bretaña estaba en francés, por supuesto. Y si no hubiese estado en francés, el primo de Román habría podido leer esto: «... el padre del escritor Ambrose Bierce era una persona muy metódica y decidió poner a todos sus hijos un nombre que empezase por la letra A (...) Ambrose Bierce tuvo doce hermanos...».

Cuando el primo de Román vio el nombre «Ambrose» pensó que la mayoría de los franceses tienen nombres lamentables. Y ésa habría sido una reflexión exactísima, si Ambrose Bierce no hubiese sido estadounidense, de Ohio, Meigs, 1842-México (?), 1914.

Así acabó Román la historia del italiano. A partir de ahí no sabía nada. Su primo había vuelto cuatro días después, pero no les había contado nada más. No les había contado nada más aparte de lo de la sacristía y lo de la enciclopedia. Y lo de Ambrose Bierce.

Matías apagó la grabadora y recordó la nariz de Román. En silencio. Román tenía, para qué engañar a nadie, una nariz cariñosa.

Había transcrito ya todas las grabaciones de las cintas. Todavía era pronto. Así que empezó a jugar. Cogió a Faulkner. Leyó tres páginas. Se quedó dormido. Se quedó dormido porque estaba a gusto. Siempre que se quedaba dormido era porque estaba leyendo un libro bueno; nunca le pasaba con un libro malo. Se quedaba dormido porque estaba a gusto.

Se levantó entonces. Abrió las puertas del balcón. Para despejarse. El viento le hizo mal. Cerró las puertas.

Decidió dejar a Faulkner y jugar con el diccionario de portugués. Tenía una hora escasa para jugar con el diccionario. Era uno de los juegos que más repetía. Abrir el diccionario y coger una palabra. Eso es lo que hacía. Como hace mucha gente. Después copiaba la palabra en una hoja. Y escribía cosas con la palabra portuguesa. Matías escribía sobre sí mismo, claro está. Y si escogía la palabra *escola*, escribía: «Estudié con los jesuitas de París hasta los dieciséis años». No sabía si los jesuitas tenían colegios en París; le daba igual, además. La cosa era que él había estudiado con los jesuitas de París hasta los dieciséis años, y que la asignatura más dura había sido el latín, y que había sufrido mucho con el latín, pero que no se arrepentía. O si no, escribía: «Yo estudié, hasta los dieciséis años, en una escuela católica de Dublín».

La palabra que más le aparecía cuando abría el diccionario era la palabra *morte*. También podía ser la palabra *defunção*. O la palabra *decesso*. A decir verdad, Matías tenía marcadas las páginas donde aparecían las palabras *morte*, *defunção* y *decesso*, y el diccionario se abría por allí casi solo, sin tener que forzarlo. Matías marcaba esas páginas porque no había cosa que le gustase más que escribir sobre eso. Y escribía en qué año murió Matías Malanda, cómo murió y dónde estaba enterrado. Sobre todo dónde estaba enterrado. De hecho, en algunas tumbas estaba muy a gusto; en un cementerio del noroeste de Gales, por ejemplo. Matías se imaginaba a sí mismo dentro de la tumba, en un ataúd acolchado, a gusto, comiendo gominolas. Imaginaba un paquete de gominolas grande y, entre las gominolas, algún trozo de chocolate. Porque lo que pasa es que cuando se comen muchas gominolas, la lengua se estropajea, y el mejor suavizante de lenguas suele ser el chocolate. El mejor suavizante y el más marrón.

Antes de empezar a abrir el diccionario portugués, cogió un folio en blanco y escribió «Nací en Lisboa». Siempre empezaba el juego naciendo en Lisboa. También había nacido alguna vez en Coimbra y dos en Oporto.

Después abrió el diccionario por la letra *l* (*leve-líquido*). Para coger la primera palabra. Para empezar a escribir cosas con la primera palabra. Pero, aunque hasta este punto del juego todo había sido cosa de la suerte, ahora no tenía Matías más remedio que elegir una palabra entre todas las que había en las dos páginas por donde había abierto el diccionario. Y Matías elegía, de las palabras que estaban entre *leve* y *líquido*, la que más le convenía, claro. Y podía haber elegido *linhagem, limpa-botas* o *libélula*. Pero eligió *lingua*. Y escribió: «De niño aprendí ruso antes que portugués». Y no se quedó ni un poco a gusto con esa frase; era una frase muy grasienta. Tampoco le gustó el tipo de vida que estaba inventando para sí mismo. Por eso dejó la palabra *lingua* y eligió *limpa-botas*.

Y así pasó Matías casi dos años, limpiando zapatos, en una plaza de Lisboa. «Pasé dos años limpiando zapatos, en Lisboa», hasta que volvió a abrir el diccionario y vio la palabra *biciclista*. Entonces: «Dejé de limpiar zapatos y empecé a entrenar con la bicicleta. En juveniles y en aficionados no gané ni una sola carrera, pero conocí a mi mujer. En un pueblo donde se me metió una lagartija entre los radios de la rueda (en portugués *lagartixa*)».

A decir verdad, de la misma manera que tenía marcadas las palabras *morte* o *defunção*, también había marcado la página donde estaba la palabra *mulher*. Y en todas las vidas que se escribía, siempre se encontraba con una chica de pelo oscuro, o pelirrojo. Y se conocían, y se seguían conociendo hasta morirse, y la chica siempre tenía afición a desfigurarse las uñas con los dientes y nunca usaba pendientes, porque le hacían daño en la parte de atrás de la oreja, y también un poco en la parte de delante.

Siguió escribiendo: «Después me fichó un equipo profesional. Los periódicos dijeron que me habían fichado por compasión. Un tío mío dijo lo mismo, que me habían fichado por compasión. Pero en profesionales gané una carrera. Gané una contrarreloj.

»La cosa es que los jueces se confundieron y me dieron el tiempo de otro. Le saqué casi siete minutos al segundo. Eso quiere decir que hice la contrarreloj en avión. Pero los jueces deportivos son los individuos más orgullosos que existen y no quisieron cambiar su decisión, porque en la vida ha habido vuelta atrás en una contrarreloj. En una contrarreloj, por Dios.»

Matías volvió a abrir el diccionario. En la página de la izquierda, arriba, vio la palabra *figo*. Le vino a la cabeza lo mismo que le había venido a la cabeza por la mañana: que de niño comía muchos higos, y que le gustaban bastante, y que una vez abrió uno grande y encontró una abeja dentro, una abeja gorda. Y que aquella abeja tenía las alas mojadas, y las patas también. A Matías la pareció una abeja gorda, porque aquélla era la primera vez que veía una abeja tan de cerca, pero era perfectamente posible que todas las abejas fueran tan gordas como aquélla y tan peludas como aquélla.

Entonces se dio cuenta de que estaba pensando en cosas que no valían para nada, y también se dio cuenta de que el juego del diccionario se estaba pudriendo poco a poco, porque no le estaba haciendo ni caso, y se dio cuenta, cómo no, de que era tarde, y de que tenía que llamar a su hermano Miguel.

Buscó entonces la palabra *morte* en el diccionario. Quería acabar el juego cuanto antes. Y se preparó una muerte convencional: «Morí en una etapa del Giro. Me cayó encima la barandilla de un balcón, cuando pasábamos por Bari. Era de hierro gordo, la barandilla, amarillo y negro».

Cogió el teléfono. Marcó ocho o nueve números de memoria:
—Sí. Diga.
—Miguel Malanda, por favor.
—Sí, espere un momento.
Trece segundos. Otra voz:
—¿Sí? ¿Quién es?
—¿Miguel?
—No, usted no es Miguel. Yo soy Miguel. ¿Quién es usted?

—Matías.

—Casualidad. Yo tengo un hermano que se llama Matías. ¿Es posible que Matías-1, es decir, mi hermano y Matías-2, es decir, usted, sean la misma persona?

—Casi seguro.

Dos risas.

—¿Qué tal, Miguel?

—¿Ayer...?

—¿Ayer qué?

—No llamó usted.

—Llamé. Pero tarde.

—Aquí no. Ya llamarías a la embajada de Colombia, tú... Tenemos enfrente la embajada de Colombia. ¿Sabías eso?... ¿Qué es Colombia, Matías, república, monarquía o gerontocracia?

—En Colombia habrá unos que mandan y otros que no.

Dos risas.

—Ayer no llamaste, Matías.

—Sí llamé, Miguel. Tarde.

—¿A qué hora?

—No sé yo. A las diez y media.

—A las diez y media no. A las diez y treinta y uno igual, o las diez y treinta y dos igual, pero a las diez y media no. Estuve en los teléfonos justo hasta las diez y media, yo.

—Igual un poco más tarde, sí.

—...

—¿Qué tal, Miguel?

—Bien. Nos han invadido aquí.

—¿Invadido?

—Las ranas. Las ranas nos han invadido. Las ranas. Eso era lo que te quería contar ayer.

—¿Qué ranas?

—Muchas ranas. Ayer. Por la cocina. A la sala y a las habitaciones. El jardinero fue echando a todas. Emilio quemó una: le dio fuego en la tripa. Nosotros rescatamos cinco. Gonzalo y yo. Metimos cinco en nuestra habitación, en cajas. Cuatro son ranas bien majas. La otra es un poco antipática.

—Pero.

—Las ranas hablan bastante. Pero Gonzalo y yo entendemos cosas diferentes, y después no tenemos más remedio que discutir. Después decidimos lo que han dicho de verdad. Ya te voy a enseñar las ranas. La próxima vez que vengas.

—Ya sabes que ahora no voy a ir tantas veces, Miguel, que estoy en Arbidas, en Idus, trabajando.

—...

—¿Miguel?

—Hasta mañana.

—Hasta mañana, Miguel.

Matías bajó a cenar sonándose la nariz, por el disgusto que le acababa de dar a Miguel. Y la cena fue una especie de sopa, el segundo plato y el postre.

Malco habló muchísimo en la cena, y contó muchas cosas sobre el Museo y sobre el cuadro. Fue en aquella cena, por tanto, donde se enteró Matías de lo que estaba pasando en el Museo y de lo que estaba pasando con el cuadro sobre el que todo el mundo, en Idus, decía algo.

4. Talvez uma

La cama es un aparato que tiene muchas interpretaciones. La cama será, posiblemente, el aparato que más interpretaciones tenga en el mundo. Pensaba Matías. Tumbado en la cama. Algunas personas, por ejemplo, se meten en la cama de la misma manera que se meterían en una marisquería. Pensaba Matías. Esto quiere decir que algunas personas se meten en la cama con respeto, como si no durmieran como realmente querrían dormir, como si de las siete horas que van a estar tumbadas en la cama, pasasen cuatro despiertas. Y cuatro horas son 60 minutos por 4. Y eso es una barbaridad. Además, eso no es más que la teoría, porque 4 horas de una noche pueden equivaler, perfectamente, pensaba Matías, a 5 horas normales, o a 5 horas y media. Es decir, 60 por 5 o 60 por 5 más 30.

Porque, pensaba Matías, todo se alarga por la noche. Las carreteras por ejemplo. Si para ir de un pueblo a otro de día, por una carretera concreta, se necesitan dos horas —pongamos a las once de la mañana, en invierno, andando—, por la noche se necesitarían, pensaba Matías, tres cuartos de hora más. Seguro. Matías había leído investigaciones sobre estos temas, totalmente comprobadas, en una prestigiosa revista, de divulgación científica, en enero de este año. Comprobaron esto y que las personas gordas son más felices que las delgadas.

La relación de Matías con la cama, en cambio, era muy diferente. A Matías se le acortaban las noches. Se quedaba dormido en el mismo momento en el que el primer pelo de su cabeza tocaba el primer milímetro de la almohada. El pelo de Matías era un interruptor, y cuando tocaba la almohada, algo se apagaba clac en la cabeza de Matías; se apagaba, por ejemplo, el espíritu de Matías clac. O, dicho de otra manera, Matías se quedaba clac dormido, sin contemplaciones. Se quedaba dormido y no se despertaba ni medio segundo hasta la mañana siguiente. Ocho horas, o nueve horas, o diez clac.

Y así fue como despertó Matías en la pensión Malanda, el segundo día. Y al ser el segundo día, todas las cosas que veía desde la cama se le hacían conocidas ya. No como el día anterior, el primer día. El primer día miraba todo en la pensión, pensaba en todo lo que veía en la pensión. Pero el segundo día se le hacía conocido casi todo. Se le hacía conocida, por ejemplo, la mancha del techo, la de la esquina derecha. El techo estaba reluciente lo demás, muy blanco, pero había una mancha en la esquina derecha. Y aquella mancha le parecía algunas veces una bota de patinaje sobre hielo. Pero otras veces le parecía un lago de Oxford. Y Matías no sabía si hay lagos en Oxford, y tampoco sabía, por otra parte, por qué le había venido la palabra Oxford a la cabeza. Después pensó que Oxford era un nombre potente, y que tuvo que ser una persona muy inteligente la que inventó el nombre de Oxford, porque después ha sido un nombre importante en el mundo. Pensó que lo mismo pasaba con el nombre Jesús o con el nombre Amazonas.

También cuando se levantó de la cama sintió que se estaban repitiendo las cosas del día anterior. Sacó la pierna izquierda de entre las mantas y volvió a pisar la misma rana de la víspera. O una muy parecida. La rana, igual que el día anterior, empezó a huir. Pero mucho más despacio, con más sosiego. Con un sosiego importante; porque también la rana se empezaba a acostumbrar, y sabía de sobra que Matías era una buena persona, y que no le iba a hacer ningún mal, a pesar de que las personas tienen muy mala fama entre las ranas. Y entre las personas. En el *Antiguo Testamento,* por ejemplo.

Desayunó rápido y salió pronto a la calle, a hacer grabaciones. Ana no estaba en la cocina.

Tardó más tiempo que el día anterior en encontrar la calle del informante. Se le hizo más corto, así y todo. Pensó que era por el viento.

Anda suave el viento. En comparación. Con ayer. Por eso estoy más a gusto. Hoy. En comparación. Por algunas calles no. Por algunas calles pega fuerte. Por las calles de la mar. Fuerte. *El viento.*

Eso fue lo que pensó. Porque aunque Matías no conocía todo Idus, ni mucho menos, sabía en todo momento dónde estaba la mar. Miraba por una calle y veía la mar. Miraba por la siguiente, y la mar. La mar se veía por muchas calles en Idus. Y la mar era una referencia para Matías. No sabía referencia de qué o para qué, pero una referencia. Le tranquilizaba, porque sabía que estaba en Idus todavía; porque sabía que no se había salido de Idus, sin darse cuenta, y se había ido a otro

pueblo, sin darse cuenta, mientras buscaba una calle de Idus, andando. Y pensaba eso como si Idus
fuera el único pueblo del mundo que está junto a
la mar. Sabía que era una reflexión tonta la que estaba haciendo, pero las reflexiones tontas son las
más normales fuera de casa, cuando el viento, sobre todo.

De repente, sin embargo, miró por una calle y no vio la mar donde tenía que estar la mar; vio
un edificio curioso, de algún arquitecto echado a
perder. Una placa gigante decía que era el Museo.
Museo de Idus decía la placa. Y Matías creyó lo que
decía la placa. Se acordó de Malco, cómo no; allí
dentro estaría Malco, trabajando. Se le ocurrió a Matías que algún día tendría que ir al Museo, a visitar
a Malco y, sobre todo, a ver lo que estaba pasando
con el famoso cuadro. Con el cuadro sobre el que
todo el mundo, en Idus, decía algo.

El primer informante de la mañana era Luvino Alda. Luvino no tenía un solo pelo de la cabeza en la misma dirección. Esto quiere decir que
hacía lustros que Luvino no se había tocado el pelo de la cabeza o, dicho de otra manera, hacía lustros que Luvino Alda no se había tocado el pelo de
la cabeza con intención estética.

El desbarajuste de las cejas de Luvino también era importante, pero lo más terrible eran sus
pestañas. Las pestañas son, casi siempre, una especie de pelos que crecen en los párpados. Esto quiere decir que no tienen opción a desviarse demasiado: nacen en los párpados y crecen hacia delante,

y, en los casos más eróticos, se doblan hacia arriba las de arriba y hacia abajo las de abajo. Las de Luvino, en cambio, eran pestañas rocambolescas y, según creía Matías, las tenía puestas al revés. Es decir, las pestañas de Luvino, le parecía a Matías, en vez de nacer en los párpados, nacían en el aire y acababan en los párpados.

Matías dio gracias a que era invierno y a que Luvino llevaba un jersey puesto. De esa manera no se le veía el pelo de los brazos. Porque Matías, después de ver las cejas y las pestañas de Luvino, estaba imaginando el pelo de sus brazos, y se le ocurrió que el pelo de los brazos de Luvino bien podía ser el caos en persona. Un señor caos. Y el caos es una cosa que puede echar a perder el cerebro de cualquier persona, por mucho que esa persona sea funcionario o sea el mejor proyectista del Ministerio. Y es posible que del mundo.

Matías empezó a pensar cosas sobre el caos. También pensó cosas sobre la pantera rosa. Hasta que

—Yo estuve en la cárcel.

Luvino le estaba contando a Matías que él había estado en la cárcel. Le dijo que había estado en la cárcel, sí, pero por ser demasiado buena persona. Así fue como lo dijo, Yo estuve en la cárcel, pero por ser demasiado buena persona. Después dijo que había sido político. Antes de la guerra.

Matías ya tenía alguna sospecha, pero cuando Luvino habló de la guerra, Matías supo con seguridad que aquel hombre tenía que tener entre 205 y 207 años, y que los pelos de aquel hombre tenían que tener entre 205 y 207 años, las pestañas sobre todo, y que por eso eran aquellas pestañas tan anacrónicas y tan contrarias a la anatomía.

Pero Luvino reconoció un poco más tarde que él no había sido político, ni antes de la guerra ni después; dijo que eran sus amigos los que habían sido políticos y que él, Luvino, había ido a remolque, detrás de sus amigos, y que había sido demasiado buena persona y que por eso había estado en la cárcel. Así explicaba las cosas Luvino.

Algunos amigos suyos habían estado con él en la cárcel; otros no. Los otros habían estado en el gobierno. A decir verdad, Matías no había entendido muy bien esa parte: unos amigos en la cárcel y otros en el gobierno. Parecía raro, pero eso era lo que había dicho Luvino. Después repitió que él no había sido político, que él había ido detrás de sus amigos, los políticos. Un cuarto de hora después, sin embargo, volvió a decir que él, Luvino, había sido un gran político antes de la guerra, y que había dado mítines, delante de doscientas personas y sin micrófono.

Matías pensó que le había tocado un informante malo, que la cabeza de Luvino era un balón de voleibol. Y como los pelos de la cabeza de Luvino tenían una clara tendencia a desviarse, se le ocurrió a Matías que alguno de esos pelos, en vez de crecer hacia fuera, podían haber crecido hacia dentro y que podían haber agujereado el cerebro de Luvino, con agujeros pequeños y hexagonales. Y que por eso decía Luvino unas veces una cosa y otras veces la contraria. O la razón podía ser, si no, que Luvino había pasado ya la barrera de los 200 años y que, como siempre que se pasa la barrera de los 200 años, su cerebro había pasado de un estado sólido a un estado líquido. También eso podía ser.

Además, pensaba Matías, Luvino no hacía otra cosa que hablar de sí mismo, y parecía que no tenía el más mínimo interés en contar la vida de nadie. Pero Matías se equivocaba: todo lo que había dicho Luvino hasta entonces no era más que una introducción; una especie de introducción para contar lo que realmente quería contar. Luvino quería contar la vida de un trabajador de la cárcel.

Contó que en la cárcel donde estuvo él había un trabajador auténtico. Dijo que no era de Idus, que era de Eldas, pero que era normal así y todo. También dijo que era pequeño y secretario. Las dos cosas a la vez; dijo: aquel trabajador de la cárcel era pequeño y secretario. De repente dijo que tenía gafas el secretario, casi gritando; dijo que eran redondas, las gafas, y que, hubiera luz o no, hubiera sol o no, siempre estaban brillando las gafas del secretario. Después dijo que brillaban desacompasadas. Con eso quería decir que nunca brillaban los dos cristales de las gafas a la vez, que primero brillaba un cristal y después el otro. Y hacía daño mirarle a la cara al secretario, por los brillos de las gafas, y el que se quedaba mirando a sus gafas tenía que estar después un minuto medio ciego, con una mancha blanca dentro de los ojos.

Los presos comentaban. Los presos comentaban que el secretario usaba las gafas para defenderse, que no tenía otra manera de defenderse, porque era pequeño y porque era secretario. Los presos propusieron. Los presos propusieron que todas las personas de poca personalidad llevasen ese tipo de gafas; aunque no fueran miopes, aunque estuvieran horrorosos con gafas. Para defenderse. Para poder hablar normal con otra persona. Sin congojas.

Nadie podía, dijo Luvino, mirar a la cara al secretario. Y eso es una ventaja, dijo Luvino, grande. Eso ponía al secretario por encima de los demás, dijo Luvino, porque él controlaba las caras de los otros, y nadie podía controlar la suya. Y eso, dijo Luvino, es una ventaja grande. Apostaría, dijo Luvino, a que nadie de los que estuvo conmigo en la cárcel recuerda la cara del secretario y a que todos recuerdan sus gafas. A decir verdad, dijo Luvino, todos los que estuvieron conmigo en la cárcel, aclaró Luvino, son difuntos, ahora.

Matías pensó que ahí se acababa la historia de Luvino, y que más que la historia del secretario, era la historia de las gafas del secretario. Igual que se cuenta la historia de Excalibur o igual que se cuenta la historia del Santo Grial. Pero no. Matías se dio cuenta de que lo de las gafas no era más que otra introducción; otra especie de introducción a lo que quería contar después.

Lo que realmente quería contar Luvino era que aquel secretario de gafas falsificaba los papeles de la cárcel. Sin parar. El objetivo del secretario era llegar a falsificar todos los documentos de la cárcel. Ése era el juego del secretario.

Y algunas falsificaciones eran pequeñas, sin más. Falsificaba, por ejemplo, las fechas de nacimiento de los presos, o los nombres de los padres, y los apellidos. Pero lo que más le gustaba falsificar era el lugar de nacimiento de los presos. Porque cuando se cambia un lugar de nacimiento, no sólo se cambia el nombre de un sitio; cuando se cambia el lugar de nacimiento de una persona, se falsifica toda la vida de esa persona, de arriba abajo. Se le falsifica la personalidad a esa persona. Se le falsifica, dijo Luvino, el tipo de calzoncillos que va a usar, por ejemplo. Eso dijo Luvino; riéndose, claro. Riéndose con una risa y con una tos. Y es que, siguió Luvino, en cada pueblo se suelen vender calzoncillos diferentes. Y el tipo de calzoncillos influye, cómo no, en la personalidad de la persona. Eso fue lo que dijo Luvino, riéndose otra vez, con toses otra vez. Después empezó a describir tipos de calzoncillos, y dijo, tocándose el pelo y tocándose media oreja, que las personas que usan calzoncillos que no tienen buen planchar, por ejemplo, sienten más simpatía por los lápices y los bolígrafos que por las plumas y los rotuladores. Y para Luvino era diferente la persona que se siente cómoda con un lápiz y la persona que se siente cómoda con un rotulador. Y eso era importante para Luvino. Riéndose, claro.

Así y todo, todas esas eran falsificaciones pequeñas, dijo Luvino, pero al secretario también le gustaban las grandes. Falsificaba las penas de los presos. Es decir, cambiaba una pena de 6 años por una de 6 semanas. Y para el que tiene que pasar 6 años en la cárcel pasar 6 semanas es como una broma; pasar 6 semanas es pasar una fiesta. Una fiesta tonta. Dijo Luvino. Y hay veces en las que las personas se quedan a gusto al decir ciertas cosas, y Luvino se quedó a gusto al decir aquello. Lo de la fiesta.

La cosa es que el secretario sacó a muchos presos de la cárcel. Hubo uno muy famoso, dijo Luvino. Uno al que le faltaban 17 años, 5 meses y 7 días para salir. Luvino dejó claro que eran 17 años, 5 meses y 7 días, ni uno más ni uno menos, que se acordaba perfectamente. Pero diez minutos después, en vez de decir 7 días, dijo 9, y en vez de decir 17 años, dijo 22. Lo dijo con mucha seguridad, eso sí. La cuestión es, da igual, que a ese preso le faltaban para salir 17 años o 22 años o, dicho de otra manera, le faltaba para salir una barbaridad. Y el secretario le falsificó los papeles, claro, y escribió que sólo le faltaba un día. Un día. Es decir, en vez de tantos años, tantos meses y tantos días, puso un día. Te das cuenta. Un día. Y el preso salió al día siguiente. Y nadie se dio cuenta. Era una cárcel muy grande, eso sí.

El secretario sacó a veinticuatro presos. Ni más ni menos. Hasta que le denunciaron. Le denunció un sindicalista, un preso sindicalista. Porque el secretario no sacaba a presos políticos; sacaba, sobre todo, a ladrones. Los ladrones le parecían buenas personas en general. Por eso le denunció el sindicalista, porque no sacaba a políticos.

—Entonces metieron al secretario en la cárcel —dijo Luvino—; estuvo conmigo.

—Era un buen chaval el secretario —dijo Luvino.

—Le llamábamos Secretario.

—Bueno, el chaval.

—Nosotros le tratábamos bien —dijo Luvino.

—Murió en la cárcel.

—Nosotros le tratábamos bien, aunque éramos políticos.

—Él sacaba a los ladrones; ésa era su costumbre.

—Yo robé tres abrigos —dijo Luvino—, por eso estuve en la cárcel. Grises, los abrigos. Los tres grises.

—Buen chaval el secretario.

Y siguió Luvino diciendo otras tantas frases inconexas, una detrás de otra. Para entonces era imposible saber cuál era la razón por la que había estado Luvino en la cárcel; era imposible saber si había sido preso político, si había sido ladrón o si había sido la hija de un templario. Pero poco le importaba a Matías ya. Él tenía bien grabada la historia del secretario. Y era buena. Además, Matías tenía otra cosa en la cabeza; Matías tenía en la cabeza la enciclopedia de Luvino.

—¿Dónde tiene la enciclopedia, Luvino?

Luvino dijo que no, que él no tenía libros, que él había sido de los que quemaban libros, de joven, Yo era de los que quemaba libros, entonces. En la misma sala donde estaban, Matías vio que había libros, quince por lo menos. Pero «En esta casa no hay libros», volvió a decir Luvino, y «Yo era de los que quemaban libros». Y aunque Matías estuviese viendo en aquel momento quince libros o más, tenía claro que Luvino estaba diciendo la verdad. Aquellos quince libros de la sala serían un espejismo, o serían un plató de televisión; porque Matías sabía perfectamente cuándo estaba alguien diciendo la verdad y cuándo no. Y Luvino estaba diciendo la verdad.

Luvino despidió a Matías con mucho cariño, pero se le notaba que tenía ganas de seguir hablando. Le dijo que viniese otro día, que hablarían un poco más. Le dijo que estaba jubilado y que no salía de casa. No muchas veces. Le dijo que hasta le enseñaría algún libro, si venía otro día, pero que él no tenía enciclopedia, en casa.

Poco después estaba entrando en la segunda casa de la mañana, pero no pudo hacer la grabación. El informante estaba enfermo. Matías sintió olor de enfermo. Pero sintió olor de enfermo porque sabía que detrás de una de las puertas había un enfermo. Si en aquella casa no hubiera habido un enfermo, el olor le habría parecido a Matías olor a berza. O a plastilina. Pero en aquella casa le habían dicho que había un enfermo, y Matías sentía olor de enfermo, sin ninguna clase de duda.

Matías empezó a hablar con la mujer que le había abierto la puerta y le dijo que lo sentía, que esperaba que el enfermo se recuperase, pero que le quería pedir un favor, a ella, a la mujer que le había abierto la puerta, si no era mucha molestia. Le pidió, por favor, que le enseñase la enciclopedia de la casa. La mujer le dijo que sí, que cómo no. Era evidente que aquella mujer pasaba muchas horas con el enfermo y que se aburría, porque el enfermo estaría toda la mañana durmiendo y toda la tarde durmiendo. Y Matías era un intermedio para la mujer. Por eso le contestó que sí, que le enseñaría la enciclopedia con mucho gusto, que cómo no.

Llevó a Matías a la habitación donde tenía la enciclopedia Tabucchi y ella se fue a la cocina, como si realmente tuviera cosas que hacer.

Matías cogió los tres tomos de siempre y los abrió por las tres páginas de siempre. Y, «Ya era hora», encontró un papel en la letra *s*. Le pareció, además, que era un papel totalmente cuadrado. Sólo tenía que buscar papeles cuadrados. Los demás no valían. Sólo valían los cuadrados.

Sacó la regla por si acaso. El lado derecho tenía siete centímetros y el lado de abajo tenía siete centímetros. También midió los otros dos lados —el de la izquierda y el de arriba—, para asegurarse. Era casi imposible que no tuvieran la misma largura. Y, efectivamente, también los otros dos lados tenían siete centímetros por barba, claro. Era un papel totalmente cuadrado. Era de los que valía.

Pero el papel no tenía más que una cosa escrita, un número. En el papel no estaba escrita otra cosa que un «12». A Matías le pareció una exageración que para escribir un 12, alguien utilizase un papel de 49 centímetros cuadrados. Eso era despilfarrar. Y empezó a darle vueltas a la palabra despilfarrar cuando vio aquel papel, y cuando salió a la calle seguía teniendo la palabra despilfarrar en la cabeza, y seguía teniendo la palabra despilfarrar en la cabeza cuando entró en la tercera casa de la mañana.

En la tercera casa le volvieron a contar la historia del vendedor de enciclopedias. Además, la informante, Jesusa, no le dijo a Matías nada que no supiese ya. Dejó claro Jesusa, eso sí, que el italiano no había metido nada en su enciclopedia, que ella había revisado todos los tomos de arriba abajo y que no había nada en ningún sitio. Por la forma en que habló y por algún gesto que hizo, a Matías le quedó claro que Jesusa había encontrado alguna cosa en la enciclopedia y que no se lo quería decir. Pero le daba exactamente igual; las cosas que le interesaban a Jesusa, es decir, los cheques, el dinero, los billetes, no le interesaban a él. Tampoco al revés. A Jesusa difícilmente le iban a interesar los papeles cuadrados.

No tardó en salir de casa de Jesusa. El reloj que llevaba en la muñeca izquierda le empezó a hacer gestos a Matías, como si necesitase asistencia médica, como si tuviera problemas para respirar. Matías miró cara a cara a su reloj y se dio cuenta de que todavía era temprano y de que le daba tiempo para hacer una cuarta grabación.

Por eso entró Matías en la casa de Nemia Mangas, en la calle Alexis Carrel. Nemia tendría unos diez años más que Matías pero, con todo, era un poco joven para ser informante. Matías pensó que se había equivocado de casa, pero Nemia le dijo que sí, que le habían llamado del Ministerio y que le habían dicho que pasaría un funcionario por su casa, a hacerle un... cuestionario. Matías le tuvo que explicar que no era un cuestionario, que él no le iba a hacer ninguna pregunta, etc. Pero Nemia ya sabía todo lo que le estaba explicando; se lo habían dicho los del Ministerio, por teléfono.

Después dijo que, desde que le llamaron del Ministerio, había estado pensando qué contar, que había pensado una barbaridad, pero que no se le ocurría nada, que ella no conocía aventureros. De Idus. Nemia utilizó esa palabra: aventurero. Matías le dijo que él no necesitaba aventureros, y le contó alguna de las cosas que había grabado en otras casas; que él necesitaba cosas así. Nemia se tranquilizó, y dijo que entonces era fácil, que ella había tenido en casa a alguien así.

Nemia Mangas había estado cuidando a un hombre mayor, hacía tiempo. Santos. Santos era ciego. Santos llamaba «Loma» a Nemia, sin que nadie supiera por qué.

«Loma», le dijo una vez Santos a Nemia, «esta semana o, como mucho, la que viene, me parece que me toca morirme». Después dijo «y si hay mala suerte, puede que me muera mañana mismo».

Nemia se asustó, claro; era la primera vez que alguien le decía una cosa así. Después me lo han dicho muchas veces. He cuidado a mucha gente yo. Nemia dijo que había cuidado a muchas personas mayores, pero que Santos había sido el más especial.

Santos había pasado años sin salir de casa, por eso le había dicho a Nemia Me voy a morir mañana o la semana que viene. Y con esas palabras lo único que había querido decir Santos era que quería salir a la calle antes de morirse. Santos quería salir a la calle y quería ir a un sitio concreto además. Santos quería ir a una plaza. A una plaza que estaba pasando la estación, en la parte de abajo de Idus. Porque Idus era dos partes; Idus era las casas que estaban por encima de la estación y las casas que estaban por debajo de la estación. Y no era lo mismo vivir por encima de la estación o por debajo de la estación. Santos vivía por encima de la estación, pero había vivido muchos años por debajo, de niño, y de joven, y Santos quería ir allí. Antes de morirse. Por eso le dijo a Nemia que estaba a punto de morirse, a pesar de que tenía muy buena cara. Dijo que quería ir a la plaza, por debajo de la estación, aunque tuviera que morirse allí mismo, en la plaza. Santos dijo que eso era lo que quería, nada más. Dijo que no quería nada más.

Santos era ciego, y grande, y tenía muy mal genio. Pero todo lo que le había dicho a Nemia se lo había dicho suave, con voz de gato, que se iba a morir un día de éstos y que quería ir a la plaza. Y era muy extraño que Santos hablara suave. Santos hablaba suave muy pocas veces. Pero todo eso lo dijo suave; todo menos la última frase. La última frase la dijo como siempre, con mal genio: «No quiero nada más», dijo. Con genio. Y con esa última frase quería decirle a Nemia que no había más remedio y que le tenía que llevar a la plaza, quisiera ella o no, y que si no le llevaba, él, Santos, era capaz de amargarle la vida a ella y a todo el que estuviera alrededor. Por eso dijo la última frase con genio.

Nemia siguió contando. Contó que fueron a la plaza y que llegaron muy rápido, y que era raro que llegaran muy rápido, porque Santos tenía 82 años y porque era ciego y porque tenía metralla en la rodilla. Pero que así y todo llegaron muy rápido a la plaza.

Santos se quedó en una esquina de la plaza. Y allí, de pie, en aquella esquina, Santos era el sosiego en persona. Parecía que había pasado toda la vida fuera de juego y que su sitio era justo aquél, la esquina de una plaza, a las once de la mañana, un día entre semana.

—Tiene que haber un banco por aquí —dijo Santos.

Nemia miró alrededor y no vio ningún banco. «Ahí no, Loma», le dijo Santos, «más atrás, por donde las hierbas». Había mucha hierba loca por allí atrás, era verdad, pero también había un banco, de piedra, y Santos dijo que quería sentarse en él. Y se sentaron en el banco. Nemia dijo que se tendrían que levantar enseguida, que la piedra estaba fría y que era malo para Santos. Santos le tuvo

que recordar que se iba a morir dentro de poco
y que el frío no les hace daño a los muertos. Santos
le tuvo que recordar eso a Nemia, pero se lo recordó con sólo tres palabras. Con tres.

Después Santos dijo Cuántas horas en este
banco. Después dijo De chavales.

Nemia se fijo en las manos de Santos entonces. Parecía que querían señalar algo. «Mira esa
casa», dijo Santos.

—Tiene un agujero. Debajo del alero. Un
agujero pequeño —explicó Santos. Nemia miró hacia allí y vio el agujero, debajo del alero.

Santos dijo que iba a salir un pájaro de allí,
«dentro de tres segundos». Nemia no sabía, por
supuesto, si habían sido tres segundos o cuatro
segundos o dos y medio, pero un poco después de
que Santos hablara salió un pájaro del agujero.

Y Santos siguió hablando «Tienes-una-abeja-en-la-falda». Eso fue lo que dijo. Nemia miró a
Santos entonces, igual que se mira a la guerra o,
mejor, igual que se mira a los caballos que se utilizan en la guerra. Pero la cosa era que Santos le
había dicho «Tienes-una-abeja-en-la-falda» y que
era verdad, tenía una abeja pequeña en la falda, o
una avispa, que desapareció enseguida. «Y no sé si
lo he dicho ya, pero Santos era ciego, ciego completo.»

Pero eso no fue lo último. Lo último fue
«Viene una mujer por el paseo». Nemia miró al paseo y no vio a nadie. «Con un vestido azul», dijo
Santos. Y Nemia vio a la mujer justo cuando Santos terminaba de decir Con un vestido azul, en una
punta del paseo. Venía con vestido. Venía con un
vestido azul. También tenía siete rayas blancas el

vestido, eso sí. Encima del omoplato derecho. Pero por delante era azul. Muy azul. Azul eléctrico.

Nemia se empezó a poner nerviosa. No entendía. Por qué veía Santos. Mejor que ella. Pero se tranquilizó cuando volvieron a casa. Nemia vio que en casa Santos era el mismo ciego de siempre, que no veía nada, que no acertaba nada.

Y al día siguiente Nemia llegó a las nueve de la mañana a casa de Santos. Y Santos le dijo que todavía estaba vivo. Le dijo «Todavía estoy vivo». Después le dijo que quería ir otra vez a la plaza de debajo de la estación, que ésa era la última cosa que quería hacer antes de morir, justo la última. Por eso le dijo que estaba vivo todavía.

Para Nemia era bastante engorroso tener que salir de casa. Con Santos. Nemia tenía que vestir a Santos de arriba abajo cada vez que salían de casa. Y ésa era una cosa engorrosa. Porque, más que vestir a Santos, Nemia tenía que vestir al mal genio de Santos. Y tenía que peinar al mal genio de Santos. Y cuando el peine se enganchaba en el pelo de Santos, no se oía srec o no se oía crec-crec-crec, como se suele oír cuando un peine se engancha en el pelo de alguien. Cuando el peine se enganchaba en el pelo de Santos, Nemia oía el mal genio de Santos. Y eso era engorroso.

Así y todo, pensaba Nemia, no van a ser más que unos días; pensaba que era lo mínimo que le podía hacer a aquel hombre, que también ella, Nemia, estaría igual dentro de algunos años y que tendría los mismos caprichos, o peores. O más sucios.

Pero no.

—Diecisiete años.

Dijo Nemia. Dijo que pasaron así diecisiete años o, dicho de otra manera, que Santos estuvo diecisiete años diciendo «Todavía estoy vivo». Todos los días.

Después Nemia habló de otros enfermos que había tenido. Había tenido muchos: diecisiete años con Santos y otros nueve años con otros. Pero los demás se morían mucho más rápido. Algunos se morían de la misma, sin explicaciones.

Y como Nemia seguía hablando sin parar, de Idus y de los enfermos de Idus, también dijo algo sobre la enciclopedia Tabucchi. Matías aprovechó entonces y le dijo «¿Podría ver la enciclopedia?», y después le dijo «Ya tengo ganas de ver esa enciclopedia», y después le explicó que todo el mundo hablaba en Idus de la enciclopedia Tabucchi, y que tenía que ser una cosa de ver. Nemia le dijo que ya lo sentía, pero que ella no tenía la enciclopedia, que no había comprado la enciclopedia en su momento, y que ya sabía que todo el mundo tenía la enciclopedia Tabucchi en Idus, pero que ella estaba recién casada entonces y que no había comprado la enciclopedia, que no había podido, ya se sabe.

Matías pensó que había hecho un récord elegante aquella mañana: había estado en cuatro casas y en dos no tenían la enciclopedia. Reventó las estadísticas aquella mañana. Tampoco le importaba mucho. Tenía en la grabadora dos cosas que merecían la pena. Tenía en la grabadora a Luvino Alda y a Nemia Mangas. Y eso era suficiente. Además, había encontrado un papel en la enciclopedia. Un papel con poca información, eso sí.

Matías sintió entonces que tenía unas ganas peculiares de volver a la pensión, de comer con los de la pensión, de estar con los de la pensión. Y las ganas peculiares sólo se sienten cuando la persona está a gusto. O, dicho de otra manera, Matías estaba ya andando en el viento de Idus, hacia la pensión, y vio dos bicicletas aparcadas en una fuente.

5. Ques

Los espaguetis suelen ser seres apacibles. Normalmente. Pero hay veces en las que los espaguetis se enfurruñan, y hasta se enfadan, nadie sabe por qué, y atacan a la persona. A Malco, sin ir más lejos, le saltó un espagueti del tenedor a la camisa. Se le metió en el bolsillo de la camisa. Y, pensándolo bien, no es nada fácil que un espagueti se meta en un bolsillo de camisa, si se tiene en cuenta que las personas tienden a inclinarse hacia delante para comer. Para caer en el bolsillo de la camisa, por tanto, el espagueti debería saltar hacia atrás. Y para saltar hacia atrás, por otra parte, un espagueti no tendría más remedio que hacer una fuerza extra, y todo el mundo sabe que los espaguetis no son, por naturaleza, demasiado musculosos. Y todo este conjunto de datos lo que hace es probar, sin la menor duda, que el espagueti atacó a Malco muy consciente de lo que estaba haciendo.

No fue ése, sin embargo, el final de la tragedia: el espagueti dejo un rastro de tomate en la camisa de Malco. En el cuello, en la pechera, en un botón (el segundo empezando por arriba) y, cómo no, dentro y fuera del bolsillo.

El ataque del espagueti tenía, además, pinceladas suicidas. Y es que una parte del espagueti estaba dentro del bolsillo, pero lo restante colgaba por fuera, y fue así como, de repente, se partió por la mitad; se sacrificó el espagueti para seguir haciendo el mal. Y cayó del bolsillo de la camisa a los pantalones, y propagó la catástrofe de tomate por toda la ropa de Malco. De hecho, cuando cayó de los pantalones al suelo, el espagueti librepensador manchó el calcetín izquierdo y los cordones de un zapato.

—¿Qué tal lo del cuadro? —le preguntó Matías. A Malco, claro.

Malco seguía sin poder controlar el espagueti. Precisamente estaba interesado en rescatar la mitad que todavía quedaba en el fondo del bolsillo. Pero era un proceso difícil, porque es bien sabido que los espaguetis hechos con tomate son cosas escurridizas y que los bolsillos de los restauradores de arte llegan a ser bastante profundos. Así y todo, Malco reunió fuerzas para contestar a Matías.

—Mal. Lo del cuadro. Bueno, hemos conseguido quitar las avispas. Parece que las avispas son las más flojas.

Matías siguió preguntando, y preguntó qué otros insectos había encima del cuadro. Y Malco dijo casi sin tener que pensar «Moscas, hormigas, tres escarabajos, mosquitos, libélulas, un saltamontes, abejas». Luego volvió a decir que por lo menos habían conseguido quitar las avispas y que ya se podía ver una parte del cuadro, y que parecía que no había daños en la pintura, pero que todo lo demás seguía cubierto de insectos y que sobre todo había abejas. También había muchas hormigas.

Malco había sometido ya al espagueti. Tenía toda la camisa echada a perder, eso sí. Parecía que había habido una hormiga paseando por ella; una hormiga con los labios pintados, de rojo, sin otro quehacer que dar besos en la camisa de Malco.

Matías no tenía muy claro todavía el asunto del cuadro. No tenía muy claro por qué habían cubierto los insectos un cuadro y los demás no. Tampoco tenía muy claro por qué no retiraba el Museo ese cuadro y lo sustituía por otro. También lo podían dejar sin sustituir; habría más cosas que ver en el Museo, aparte del dichoso cuadro.

Malco le tuvo que explicar que el Museo de Idus no era un museo-museo. O, mejor dicho, sí era un museo, claro, pero no tenía ocho mil cuadros, como suelen tener los museos. El Museo de Idus no tenía más que cinco cuadros.

Había tres salas en todo el edificio: en la primera sala había dos cuadros, en la segunda otros dos y en la tercera uno (Alfred Tauman, *Una visita inesperada,* 1922). Malco dijo sin respirar todos los datos del cuadro, con la vista fija en el mantel de jirafas de la cocina, como si estuviera disfrutando. Luego dijo que también los otros cuatro eran buenos cuadros, pero que el de Tauman, *Una visita inesperada,* para él, era de los mejores cuadros de la historia, que Gioconda ni a la suela de los zapatos. También dijo que los insectos, por mucho que parezca lo contrario, saben perfectamente dónde está la calidad y que taparon el cuadro de Tauman, no la Gioconda o un retrato de un rey, o de una condesa con papada. Matías preguntó Por qué, y quería preguntar por qué se habían puesto los insectos encima de un cuadro, no por qué habían elegido el de Tauman y no el de Leonardo, que eso ya estaba claro por la explicación de Malco. Malco le contestó que a saber, y miró el tomate de su camisa y maldijo todas las hortalizas del mundo y se levantó de la mesa, Tengo que cambiarme.

Malco comía rápido; Matilde, Tomás, Ana y Matías estaban todavía en el segundo plato. Habló Tomás. Le enseñó a Matías un papel, lleno de números. Después dijo: «Va a salir dos veces esta semana, y el próximo mes cinco». Parecía que no era normal que el padre de Matilde saliese tantas veces de la habitación, por el tono en que lo dijo Tomás. Pero era la fórmula la que mandaba, y la fórmula decía que el padre de Matilde tenía que salir siete veces en mes y medio, quisiera o no. Tomás estaba feliz, claro, claro que estaba feliz Tomás.

Malco volvió a entrar en la cocina, y llevaba una camisa limpia y unos pantalones limpios, los zapatos parecían los mismos, los calcetines no se veían. También era rápido vistiéndose. Les dijo Hasta luego, que tenía que volver al Museo, que ya les contaría del cuadro.

Por la tarde, en su habitación, Matías se acordó de Malco. Pensó que tenía que ser uno de los mejores especialistas en su profesión, para que le hubiesen traído desde tan lejos. A Idus. Al Museo de Idus. De hecho, Malco vivía a 5.000 kilómetros de Idus. Es posible que Malco fuera uno de los mejores especialistas de Europa, a pesar de no ser ni siquiera capaz de dominar a un espagueti.

Matías tenía muchas cosas que hacer por la tarde, cómo no; pero le pasó lo mismo que suele pasar siempre que se tienen muchas cosas que hacer: empezó a hacer una cosa que no tenía pensado hacer. Es decir, cada vez que tenemos A, B y C para hacer, siempre empezamos a hacer D. Y eso no es lo peor; lo peor es que D no tiene nada que ver con A, con B o con C. Es más, D suele tener más relación con E y con F que con A, B o C. Y no sólo eso; en el peor de los casos, esa D puede incluso llegar a tener algún oscuro negocio con H o con V. Y es así como se desperdician muchas tardes y muchas mañanas y muchas noches de los que en principio son buenos trabajadores, o buenas personas, o buenos tíos para sus sobrinos.

Todo eso quiere decir que Matías tenía que hacer las transcripciones, y que en vez de hacer las transcripciones, salió al balcón. Salió al balcón porque no se oía viento detrás de la puerta del balcón y porque se veían algunos despojos de sol entre las cortinas. Y Matías tenía la costumbre de aprovechar todos los soles de invierno, y cada vez que veía un sol de invierno, salía a la calle, o a una ventana por lo menos, o a un balcón.

Quería ver las lápidas de la parte trasera de la pensión, además. Y salió al balcón y se quedó mirando las lápidas. Y se sorprendió. Todas las lápidas estaban en el mismo sitio de la víspera. No se habían movido ni medio centímetro. Ni hacia la izquierda ni hacia la derecha. Eso fue lo que sorprendió a Matías. Porque las cosas no suelen acostumbrar a estar tan quietas. Ni las lápidas ni los árboles ni los coches ni nada.

Y las lápidas de la pensión Malanda no se habían movido ni un pelo desde el día anterior, pero eso sí, las inscripciones se veían mejor. Por el sol. Por los despojos de sol. Aun así, las letras minúsculas seguían sin poder leerse, desde el balcón, sólo las mayúsculas. Las minúsculas se leían así: Ø∆◊∂∆. Y las mayúsculas se leían así: MA-LAN-DA.

Y era normal que en las lápidas del cementerio de la pensión Malanda apareciese el apellido Malanda. Y es posible que ese apellido tuviera un nombre delante, en letra minúscula, y, casi seguro, dos fechas debajo, y un epitafio igual. Se lo tendría que preguntar a Matilde, por qué un cementerio, en casa.

El viento empezó a molestar otra vez en el balcón, y Matías se acordó de las transcripciones que tenía que hacer. Las transcripciones de Luvino y de Nemia; no tenía nada más en la grabadora. Pero entonces recordó que había encontrado el primer papel de la enciclopedia Tabucchi: el primer papel válido. Porque los únicos papeles que valían eran los cuadrados y las cosas que venían escritas en papeles no cuadrados eran falsas. Todo eso estaba bien estudiado. Todas las cosas referentes a la enciclopedia Tabucchi estaban bien estudiadas. En el Ministerio. Pero Matías empezaba a dudar un poco. Después de revisar tantas enciclopedias sólo había encontrado un papel. Un papel con una anotación escasa: un número 12, escrito con tinta azul, en un folio de 49 centímetros cuadrados. Y eso era muy poco.

La cosa es que, según todos los estudios en torno a la enciclopedia Tabucchi, había que buscar los papeles en tres sitios concretos: en la letra *g*, en la letra *s* y en la letra *v*. Para ser más exactos, había que buscar *Gaudí* en la letra *g*, *Gómez de la Serna* en la letra *s* y *Van't Hoff* en la letra *v*. El italiano había elegido esos tres sitios para guardar los papeles, nadie entiende por qué. Pero también de eso empezaba a dudar Matías. Se preguntaba si eran ésos realmente los tres nombres que tenía que buscar, porque estaba encontrando muy pocos papeles. Ésa era la duda de Matías. Si no serían otros los nombres.

De hecho, era normal que el italiano eligiese a Gaudí y eligiese a Gómez de la Serna; al fin y al cabo, Gaudí y Gómez de la Serna eran dos bombas. Y todo el mundo reconoce que eran dos bombas. Y Gaudí y Gómez de la Serna son conocidos en muchos sitios. Son conocidos, por ejemplo, en un pueblo minúsculo de Argentina, en Visitación. Porque el arquitecto que había construido la mayoría de los edificios del pueblo era muy aficionado a copiar a Gaudí. Y, además de todo eso, en ese mismo pueblo, en Visitación, habían escrito un tango en el que aparecían los dos juntos, Gaudí y Gómez de la Serna. Y contaba el tango que eran muy amigos y que solían pasear por Copenhague, a pesar de que sabemos casi seguro que Gaudí y Gómez de la Serna no se conocieron y que no estuvieron nunca en Dinamarca. Pero si lo dice el tango, decían en aquel pueblo minúsculo de Argentina.

Es normal, por tanto, que el italiano eligiese a Gaudí y eligiese a Gómez de la Serna; pero quién era Van't Hoff. Van't Hoff era un químico, premio Nobel, en 1901. Así y todo, nadie conocía a Van't Hoff. Nadie conocía a Van't Hoff en Argentina, por ejemplo, en un pueblo minúsculo, y no aparecía en los tangos, ni siquiera en una triste milonga.

Matías creía que ahí podía estar el fallo. Es decir, Van't Hoff podía ser falso. Es decir, la página donde aparecía Van't Hoff podía ser un sitio falso. Es decir, quizá tendría que buscar en otras entradas de la enciclopedia. Tendría que buscar otras bombas; tendría que buscar *Dalí* en la letra *d*, *Doisneau* en la letra *d* o *Eiffel* en la letra *e*.

Pero la cuestión era que todos los estudios decían que había que buscar en *Van't Hoff*, y Matías no tenía ninguna prueba para decir lo contrario. Así que tendría que seguir buscando en *Gaudí*, en *Gómez de la Serna* y en *Van't Hoff*, si no quería revisar los 24 tomos, cada vez.

Y estaba bien pensar en la enciclopedia y en los papeles de la enciclopedia, en qué es falso y qué no, pero también era un poco tonto, porque Matías sólo había encontrado un papel (un número 12, escrito con un tipo de letra elegante, en tinta azul), y eso era muy poco, para poder entender nada y para reflexionar sobre nada. Además, tenía que hacer las transcripciones. Tenía que hacer las transcripciones de Luvino y de Nemia. Y empezó a hacer las transcripciones de Luvino y Nemia y también las acabó. Y necesitó dos horas escasas o, dicho de otra manera, necesitó una hora y cincuenta y siete minutos.

Le quedaba mucho tiempo para leer. Cogió el libro de Faulkner. Y nada más coger el libro empezó a notar cosas que no eran las que tenía que notar en aquel momento. Notó que Faulkner se estaba riendo. Faulkner se estaba burlando de Matías. Era una burla personalizada la burla de Faulkner. Porque es verdad que los escritores suelen hacer burlas generales o, dicho de otra manera, que los escritores se burlan sin discriminar a nadie. Pero la burla de Faulkner era una burla exclusiva, una burla para el señor don Matías Malanda, y para nadie más. Y la burla de sir William Faulkner se podría resumir así: «Yo soy un genio y tú no». Así es como se burlaba Faulkner de Matías. Y esa burla puede parecer que no, pero dolió a Matías. Y se enfadó y se revolvió contra Faulkner y le dijo «Eso está por ver». Después abrió el libro. Se quedó mirando al retrato de Faulkner y «Eso está por ver». Cerró el libro y dijo Hoy no te leo y cogió el otro libro que traía.

Y el otro libro era *Vredaman,* de Erhard Horel Beregor. E. H. Beregor publicó cinco libros en toda su vida y *Vredaman* era el tercero. A decir verdad, E. H. Beregor publicó más libros, pero decía que, fuera de esos cinco, todos los demás eran libros para despistar. Así era como lo explicaba E. H. Beregor, que los demás los había publicado para despistar. Los demás eran recopilaciones de artículos, recopilaciones de textos, literatura infantil. Porque, decía E. H. Beregor, parece que un escritor tiene que publicar sin parar o, dicho de otra manera, parece que un escritor tiene que disimular sin parar. Si no, enseguida empezarán a decirle que no escribe porque se emborracha todos los días, o porque la cabeza le ha hecho clonc. Por eso publicaba de vez en cuando un libro extraño, o una especie de miscelánea, o un libro en colaboración con dos fotógrafos y un fabricante de pinceles. Etc. Pero la obra de E. H. Beregor, para E. H. Beregor, eran cinco libros.

E. H. Beregor siempre había querido una obra corta, desde que empezó. Quería de 4 a 7 libros, no quería más. A partir de ahí le parecía el descontrol. Los escritores que tenían más libros le daban un poco de pena. No se cansaba de repetir que los escritores con mucha obra le daban un poco de pena. Aunque fueran escritores muy buenos.

La cosa es que de un escritor que tiene 20 libros, sólo se recuerdan 3, o sólo se recuerdan 5, y todos los demás se comparan con esos 3 o con esos 5, y se dice: No son tan buenos. Es decir, los demás libros no se tienen en cuenta, y se marginan y se desprecian, y se dice: No valen para nada.

Pero puede pasar que también los demás libros sean muy buenos; puede pasar que uno de los libros que se desprecian de un escritor sea mucho mejor que el libro que más se recuerda de otro escritor. Pero como es el libro número 17 de ese escritor que tiene 20, no queda más remedio que despreciarlo, porque nadie puede recordar 20 títulos de un escritor, ni siquiera 17. Y eso quiere decir que si ese libro número 17 lo hubiese escrito otra persona, sería el libro más recordado de esa persona. O, dicho de otra manera, si una persona no hubiese escrito más que ese libro número 17, hoy sería uno de los escritores más brillantes de la literatura universal. Pero como ese libro número 17 tiene dieciséis libros por delante, no queda más remedio que despreciarlo. Porque sólo se pueden recordar los tres primeros de cada escritor o los cinco primeros de cada escritor. Y eso es lo que le daba un poco de pena a E. H. Beregor, y un poco de preocupación.

Por eso quería E. H. Beregor una obra corta; E. H. Beregor quería concentrar sus 20 libros en

4-7. Por eso publicó cinco libros, y por eso publicó todos los demás para disimular. Para disimular y para ganar un poco de dinero, claro. Y es por eso que la obra completa de E. H. Beregor eran solamente cinco libros pero, así y todo, el año en que murió se dice que estaba en todas las quinielas para el Nobel.

Y Matías empezó a leer *Vredaman*. Empezó a leer el prólogo de *Vredaman*. Y cuando llevaba leídas siete páginas, miró cuánto le faltaba para acabar el prólogo. Y vio que el prólogo de esa edición tenía 53 páginas, y le pareció que un prólogo de 53 páginas era una cosa totalmente desmesurada, y cerró el libro, y decidió que ya empezaría a leer *Vredaman* otro día. Como si no tuviera prólogo, saltándose el prólogo. O como si leer prólogos fuese una cosa amoral.

Seguía teniendo un montón de tiempo hasta la cena. Cogió el diccionario de portugués. Para jugar, claro. Y escribió en un folio en blanco «Nací en Lisboa, en 1888». Después escribió «Así que en 1920 tenía 32 años». Después escribió «para ser exactos». Pero borró inmediatamente ese «para ser exactos»; le estaba pringando el ritmo de lo que quería escribir ese «para ser exactos».

Empezó a buscar la primera palabra en el diccionario y encontró *morte,* cómo no. Le pareció, sin embargo, un tanto incómodo poner el nacimiento y la muerte tan cerca; a las personas, en general, no les suele apetecer que su fecha de nacimiento y su fecha de defunción estén tan cerca. En general.

Además, poner tan cerca la muerte y el nacimiento echaría a perder el juego; y es que la gente no tiene costumbre de seguir haciendo cosas después de morirse. Después de morirse, por ejemplo, no hay nadie que llame al hojalatero porque el grifo de la bañera. Por eso no podía elegir Matías tan rápidamente la palabra *morte,* porque tendría que dejar de escribir entonces, porque no tendría más remedio que acabar el juego.

Hizo como si no hubiese visto la palabra *morte* y abrió el diccionario por otra página. Y vio la palabra *estação.* Pero *estação* era más de una cosa; *estação* era *cada um dos quatro períodos em que se divide o ano* o *visita que se faz às igrejas,* etc.

Pero Matías eligió otro significado; Matías eligió *estação de caminho de ferro.* Y siguió escribiendo su vida: «Yo vivía al lado de la estación de trenes, al lado de una de las principales. Era una estación principal porque tenía taller. Las estaciones principales tienen taller. Las otras a veces. Para cuando se estropea algún tren, para los recambios. Los trenes suelen tener reúmas. Los que no son nuevos. Los trenes nuevos tienen tirones y agujetas; los viejos reúmas. Yo solía estar casi siempre allí, en el taller. Después de la escuela, con nueve años».

Volvió a abrir el diccionario y encontró una palabra ridícula: *chefe.* Entonces escribió: «El jefe de los mecánicos era una persona desproporcionada. El jefe de los mecánicos podía tener, perfectamente, dos metros desde la cabeza hasta los tobillos. Y cualquier movimiento le cansaba; cualquier movimiento que hiciera él, claro. Y por eso solía estar yo casi todos los días en el taller, porque no me echaba. Aunque ése fuera uno de los pocos trabajos del jefe de los mecánicos, echar a los niños que se metían en el taller, después de la escuela, con nueve años. Pero si al jefe de mecánicos, a Pedro, hacer cualquier cosa le costaba un triunfo, lo que más le costaba era dar órdenes. Y por eso solía estar yo siempre en el taller, porque no me echaba nadie. Por mucho que tuviera nueve años y por mucho que no hiciera más que preguntar y más que incordiar».

De repente, a Matías se le ocurrió que la próxima vez podía cambiar un poco el juego. Tenía que comprar una enciclopedia para jugar. No una enciclopedia entera, no; un diccionario enciclopédico, en un solo libro. Para jugar, para mezclar las vidas de la enciclopedia; las vidas de los ingenieros, de los físicos, de los militares.

Aparecen muchos militares en las enciclopedias. Con bigotes. Siempre veo alguno. *Sudamericanos muchos.*

En cambio, pensaba Matías, no aparecen casi locutores de radio. Por ejemplo. Pero la cosa era comprar un diccionario enciclopédico para jugar.

Mientras tanto tenía que seguir jugando con el diccionario de portugués. La siguiente palabra que encontró fue *engenheiro.* Y escribió: «Me aprendí todas las piezas del tren de memoria. Me aprendí de memoria las piezas y la posición de las piezas. En el taller. El jefe de mecánicos, Pedro, me llamaba *Ingeniero,* y los demás mecánicos me llamaban *Ingeniero,* unos más a gritos que otros. Yo inventaba nuevos modelos de tren. Hacía planos de trenes y se los enseñaba a Pedro. Pedro decía *Bueno, bueno,* y cada media hora volvía a coger los planos y volvía a decir *Bueno, bueno*». Matías dejó de escribir entonces, y al de un rato escribió «Pasé así doce años».

Matías se levantó de la mesa y dio dos pasos: uno para alejarse de la mesa y otro para volver a acercarse. Escribió: «Fue entonces cuando me llamaron los de la compañía de trenes, que necesitaban un ingeniero y que querían contratarme. Yo les repetía que yo no era ingeniero; les dije que Pedro, el jefe de mecánicos, me llamaba *Ingeniero,* y que también me llamaban *Ingeniero* los demás, pero que era un mote, que yo en la universidad estaba estudiando Filosofía y Letras, y nada más. El gerente de la compañía me dijo que mi información era falsa, que las cosas no eran así; me dijo: La Compañía Ferroviaria es una gran compañía. Después dijo que la Compañía Ferroviaria investigaba muy bien las cosas y que necesitaban un ingeniero y que me querían contratar a mí. Y así fue como empecé a trabajar en la Compañía Ferroviaria, con los demás ingenieros. Diseñé trenes nuevos, y dos de los trenes que diseñé siguen en servicio todavía hoy, cien años después. Buenos trenes los de antes. También los de ahora son buenos».

Matías se acordó entonces de los sacos que tenía dentro de la maleta. Todavía no había sacado de la maleta los dos sacos. El segundo día en la pensión, y los sacos seguían en la maleta.

La descripción exacta de los sacos que traía Matías en la maleta era: dos sacos medianos, con una cuerda para cerrarlos y un nudo en la cuerda. Ésa era la descripción exacta, pero se podía añadir un dato más, un dato significativo más: no tenían un color concreto. Por otra parte, en un saco se leía «Miguel Malanda», a rotulador, y en el otro se leía «Matías Malanda», a rotulador.

Matías abrió primero el saco «Matías Malanda». Sacó de allí 27 soldaditos de plástico; 25 titulares y 2 suplentes. Después fue a una esquina de la habitación. En la esquina, junto a la puerta del balcón, organizó el frente de su ejército, con los 25 soldados titulares; los dos suplentes los volvió a meter en el saco.

Los dos suplentes se empezaron a quejar entonces: que siempre eran ellos los suplentes, que algún día les tendría que dejar demostrar. Decían que se empezaban a oír comentarios en la compañía, entre los otros soldados. Y los comentarios eran que los dos suplentes eran bastante cobardes, que parecía que se habían metido en el ejército para hacer turismo, y que se quedaban en el saco, calentitos, mientras los otros veinticinco, los titulares, morían todos los días.

Matías puso el oído al lado de los soldados titulares. Era verdad lo que decían los suplentes, los titulares no dejaban de murmurar. Apenas se oían los comentarios, pero estaba claro que eran irónicos y que no tenían otra intención que agobiar a los suplentes. De hecho, los soldados de plástico no tenían que hacer un esfuerzo especial para inventarse comentarios despectivos; los soldados de plástico han ido heredando de sus padres la costumbre de despreciar al prójimo. Ésa es, sin ir más lejos, una de las características de los soldados de plástico.

Con todo, Matías no les hizo caso a los suplentes. La cantidad de guerras que había ganado él con aquellos 25 titulares; para qué empezar a cambiar a estas alturas. Además, eran demasiado altos los suplentes, y cualquiera sabe que las personas altas no son buenas para la guerra. Las personas altas, pensaba Matías, no son buenas, en general, para nada.

Después cogió el saco «Miguel Malanda». Sacó de allí 28 soldados de plástico; su hermano siempre tenía un suplente más que él. Fue entonces hasta la otra punta de la habitación, cerca de la puerta, y colocó allí el ejército de su hermano, enfrente del suyo, con los 25 titulares. Volvió a meter los tres suplentes en el saco «Miguel Malanda», pero éstos no se quejaron; los suplentes de Miguel eran bastante más insulsos que los de Matías.

Sacó la pelota del bolsillo entonces y empezó a jugar. El juego era tirar rodando la pelota de un ejército a otro, para tumbar a los soldados de enfrente, hasta que no quedase uno en pie. De vez en cuando, eso sí, la serpiente de la pelota intentaba darle un mordisco a alguno de los soldados. No porque les tuviera un odio especial, sino porque les quería hacer reflexionar sobre su profesión; intentaba que pasasen de ser soldados de plástico a ser carteros de plástico o bomberos de plástico.

Y así fue como estuvo Matías jugando; haciendo el papel de Miguel por una parte, y haciendo el papel de Matías por otra, de un frente al otro. Al final ganó Matías, por supuesto; cuando cayó el último soldado de Miguel, había dos de Matías que seguían en pie, tiesos y con cara de desprecio, como no podía ser menos. Uno era de plástico verde y el otro de plástico marrón.

Matías volvió a sentarse en la mesa. La cosa es que había dejado el juego del diccionario a medias. Leyó lo que llevaba escrito hasta entonces: se había quedado diseñando trenes, en 1915-1917. Estaba ya, a decir verdad, un poco aburrido de diseñar trenes.

Por eso volvió a abrir el diccionario de portugués. Y encontró la palabra *painel* en la letra *p*. Y la palabra *painel* quiere decir 'cuadro' en otras lenguas, y 'picture' en otras, y 'tabula, tabulae' en otras. A Matías le hizo ilusión cambiar de profesión, es decir: «Dejé de diseñar trenes y empecé a pintar. Pinté unos cincuenta cuadros. Igual más. Pintaba mecanismos de trenes, claro, pero siempre aparecía alguna persona entre las piezas de los mecanismos, o algún animal, o los dos juntos, una persona y un animal. También pintaba paisajes, y esquinas de calles; siempre dentro de los mecanismos de los trenes, claro.

»Algunos periodistas dijeron que aquello era un movimiento pictórico nuevo, que ya tenía seguidores; que había pintores que hacían lo mismo con mecanismos industriales. Y un periodista solvente dijo "Matías Malanda ha creado el *malandismo*". Y aquél podía haber sido un movimiento importante en el mundo de la pintura si no me hubiese muerto cuatro meses después.»

Matías escribió que había muerto cuatro meses después porque quería acabar ya el juego del diccionario, porque era tarde ya. Pero no se dio cuenta de que todavía no había buscado la palabra *mulher,* como siempre que jugaba, y eso quería decir que estaba a punto de quedarse sin mulher para siempre. Y se angustió.

De hecho, Matías Malanda, el creador del malandismo, estaba muerto y bajo tierra, y no sería decoroso que empezara a salir a buscar pareja en tal estado; qué dirían los vecinos de panteón, o qué diría el enterrador, y la mujer del enterrador, o los hijos del enterrador, Luz, Seol y Cristóbal.

Pero Matías era persona de muchos recursos técnicos, y esto fue lo que escribió después de haber descrito su muerte, la muerte del gran pintor malandista: «Y no contaré a nadie lo que hacíamos María y yo, ni antes de ser pintor ni después de ser ingeniero». Y así solucionó Matías todo el problema, con un nombre no muy original (María) y con una frase aparentemente modesta.

Matías cogió el teléfono para llamar a su hermano Miguel.

—Sí. Diga.

—¿Matías Malanda, por favor? —dijo Matías.

—No, aquí no hay ningún Matías.

—Perdón... Miguel, Miguel Malanda.

—Miguel sí; eso sí. Espere un momento.

No era la misma chica de siempre la del teléfono. Es más, se podría decir que ni siquiera era una mujer la del teléfono, que tenía más voz de hombre que de otra cosa. Matías pensó que había sido el propio Miguel el que le había cogido el teléfono, pero que le había dicho que esperase, para burlarse un poco, porque así solía ser Miguel.

Y como nadie le hablaba desde el otro lado del teléfono, Matías tuvo tiempo de pensar otras dos cosas. Pensó que había preguntado por Matías Malanda en vez de preguntar por Miguel Malanda, y que eso tampoco era muy normal. Pero acto seguido recordó que a un amigo suyo le había pasado algo parecido: un amigo suyo había firmado un examen con el nombre de su hermano. Es decir, su amigo se llamaba Jorge Bes y firmó el examen «Mario Bes». Y Mario Bes era el hermano pequeño de Jorge Bes. Y Jorge Bes escribió «Mario Bes» en la hoja de examen, en la parte superior derecha, en «Nombre y apellidos». Y ni el propio Jorge supo explicar.

Y el profesor le dijo «¿Pero qué?», como si le hubiese querido decir «¿Estamos locos, o qué?»; y Jorge Bes respondió «Es que...» y alargó los puntos suspensivos hasta París, porque no tenía más explicaciones y porque no iba a empezar a inventarse una explicación, allí, delante del profesor. El profesor tenía bigote, además; tenía un bigote de color naranja.

Pero Jorge Bes aprobó el examen al final, porque el profesor era una buena persona y porque tenía debilidad por los desfases mentales, a pesar del bigote naranja. Y lo de Jorge Bes había sido un desfase mental, o algo parecido. Algo raro.

Y la segunda cosa que pensó Matías, mientras esperaba a que alguien le hablase al otro lado del teléfono, fue que Miguel podía estar enfadado con él desde la víspera. Pero no pudo seguir pensando o, dicho de otra manera, no pudo hacer más que un boceto de pensamiento, porque escuchó una voz en el teléfono:

—¿Matías?

—Miguel.

—Me han dicho que has dicho Matías Malanda en vez de Miguel Malanda.

—Ya sabes —Matías.

—Me han dicho que eres tú el que tenías que estar aquí; no yo.

—...

—¿Has ido alguna vez a Nueva Escocia, Matías?

—¿Dónde está Nueva Escocia?

—En Canadá.

—No, no he ido.

—... —Miguel.

—¿Y tú?

—Tampoco... Gonzalo dice que eran escarabajos.

—¿Cuáles?

—La nube.

—¿Qué nube?

—La que pasó ayer. Una nube negra. Muy negra. No me digas que no viste la nube.

—Por Idus no pasó. O pasaría de noche igual.

—Le he dicho a Gonzalo que no eran escarabajos. Que no podían ser. Que los escarabajos no vuelan. Que por la forma que tenían podían ser cactus. Cactus negros. ¿Existen los cactus negros, Matías?

—Y los cactus rosas también.

—Pues eso.

—...

—...

—He estado jugando contigo, Miguel. Con los soldados de plástico.

—¿Y? ¿Quién ha ganado?

—Tú.

—Normal... pero la próxima vez lo mejor será que vengas aquí a jugar. O que vaya yo a Idus. Es más lógico, ¿no?

—¿Qué es más lógico?

—Jugar los dos juntos, ¿no? No tú solo. Además, tienes tú los dos sacos, el tuyo y el mío. Eres un poco malhechor, Matías.

—Bueno...

—¿Has ido alguna vez a Ostende, Matías?

—¿Dónde está Ostende?

—En Bélgica.

—No, no he ido.

—¿Sabes quién es James Ensor?

—¿Quién es James Ensor?

—Un pintor. De Ostende. Con barba. Por lo menos tenía barba antes de morir. Después de morir ya no sé.

—¿Era bueno?

—Sí. Era bueno. Si se tiene en cuenta que tenía barba, sí. ¿Me vas a llamar mañana, Matías?

—Claro.

—¿Y el viernes?

—Claro, Miguel.

—¿Y el domingo?

—Sí.

—Hasta mañana, Matías.

—Hasta mañana.

Matías bajó a cenar. Y cenó feliz. Cenó feliz porque Miguel no estaba enfadado con él. Y Matías se esperaba cualquier cosa de Miguel. Y Miguel estaba normal.

Malco no había venido a cenar. Matilde sí. Ana seguía pareciendo un cuadro de Renoir. Y Tomás dijo que no faltaban más que dos días para que su abuelo saliese de la habitación, que él, Tomás, lo había calculado perfectamente.

6. Basturk

Parecía que la pensión estaba vacía. Matías salió de su habitación y fue hacia el final del pasillo. Despacio. Como no suelen andar las personas. Hasta la punta del pasillo. Allí estaban, como siempre, la colmena y, encima de la colmena, la escafandra. Dentro de la escafandra seguía estando el papel escrito, y Matías empezó a pensar la estrategia para sacarlo de allí. La cosa era que siempre había alguien en el pasillo o en la cocina o en el baño. Hasta entonces no había podido sacar el papel de la escafandra y leer el papel de la escafandra. Porque siempre había alguien por allí. Y tenía curiosidad. Bastante.

Matías tenía curiosidad porque parecía un papel antiguo el de dentro de la escafandra. Y a Matías le llamaban la atención los papeles antiguos. Desde siempre. Le llamaban la atención y no tenía más remedio que tenerlos en la mano durante un rato y leerlos durante un rato. Y la pensión estaba vacía, y por eso estaba aprovechando para levantar la escafandra y para intentar coger el papel de dentro.

—Maria bil, Maria bil —se oyó entonces.

Matías sintió un esguince en los pulmones y la respiración se le quedó un poco perjudicada. Pensaba que le habían sorprendido manipulando la escafandra. Pero se dio la vuelta y no había nadie en el pasillo. Así todo oyó

—Maria bil, Maria bil

otra vez. Y se abrió una puerta. Y salió un hombre de la habitación. Un hombre mayor. Y era de su boca de donde salía ya el tercer «Maria bil, Maria bil». Y lo dijo como si fuese la primera vez que lo estuviera diciendo, Maria bil, Maria bil, con ilusión. Matías pensó Todavía no me ha visto. Pero el hombre le empezó a hablar:

—¿Tú ya sabes lo que es la abeja?

—Bueno... —Matías.

Y el hombre empezó a hablar para no parar.

No, vosotros no sabéis lo que es la abeja. Os imagináis lo que es la abeja. Pero saber no sabéis. Vosotros pensáis que la abeja es una cosa pequeña, gorda y pequeña, con pelusa, y también imagináis que las abejas siempre están metidas en los higos, muertas, porque una vez os encontrasteis una dentro de un higo, de pequeños. La abeja es peligrosa, eso es lo que pensáis, y tiene alas. Pero la abeja no es eso. La abeja es un líder. La abeja es un líder grande. Pero también es delicada la abeja y se pone enferma y muere. Y es la persona la que tiene que hacer cosas para que la abeja no muera. Yo hice dos cosas mal. Por eso se murieron todas las abejas de casa.

El hombre se sentó en el suelo entonces. Parecía que le afectaba lo de las abejas. Parecía que quería volver a entrar en la habitación, para no salir. Pero no volvió a la habitación. Lo que hizo fue empezar a quitarse los zapatos. Y se quitó los zapatos y se los volvió a poner, sin más provecho. Después empezó a hablar otra vez.

Pero Matías no tenía costumbre de hablar desde alturas tan diferentes: el hombre sentado en el suelo y él de pie. Y se sentó encima de la alfombra, al lado del hombre, en medio del pasillo. Matías se sentó en el suelo por acompañar, porque se le hacía simpático aquel hombre. Y recordó que se llamaba Dimas, se lo había dicho Matilde. Y Tomás le había explicado que «Tomás» y «Dimas» eran el mismo nombre porque tienen tres letras iguales: toMÁS y diMAS. Y, claro, le había dicho Tomás, si en los nombres que tienen 5 letras, 3 letras son iguales, eso quiere decir que son el mismo nombre, porque 3 letras son mayoría contra 2, y porque lo que cuenta es la mayoría siempre.

Abuelo y nieto tenían, por tanto, el mismo nombre, y por eso le gustaba a Tomás el nombre «Tomás», porque era el mismo que tenía su abuelo. Después Tomás contó su plan a Matías. Le dijo que él también iba a cuidar abejas, igual que Dimas, y que estaba ahorrando ya.

Y sentado en el suelo, Dimas hablaba con la misma habilidad que cuando estaba de pie:

Vosotros no sabéis lo que es la abeja, no sabéis. Yo sí. Yo sí sé. Pero no acerté. Con las abejas de casa no acerté. Sabía lo que hacer y no aproveché. Lo que sabía. Por eso no acerté. Yo fui el que eché a perder todas las abejas de casa. Y sabía perfectamente lo que tenía que hacer para no echar a perder las abejas. Eso te lo puede decir cualquiera. Pedro te lo puede decir. El de la panadería. O cualquiera. Pregunta en el pueblo y cualquiera te va a decir que yo sabía. Cualquiera te puede decir. Dimas es bueno con las abejas. Cazando lagartijas también era mejor que Ulpiano. Tú no sabrás quién era Ulpiano Leda. Ulpiano Leda era el mejor. En cosas de abejas. El mejor no sólo de aquí; el mejor en el mundo. Yo aprendí con él. Con Ulpiano. Pero cazando lagartijas era mejor que él. Las lagartijas se cogen para poner en las colmenas. Se les hace una casa a las lagartijas dentro de la colmena. Ulpiano lo hacía con una botella. Con una botella de cristal. Se pone arena en la botella y las lagartijas se quedan allí, a gusto. La cosa es que entra polilla en la colmena. Y la polilla hace mal a la abeja. Para eso se ponen lagartijas. Para que se coman la polilla. Para eso hay que cazar lagartijas. En eso era bueno yo, cazando lagartijas. Mejor que Ulpiano. Ulpiano me solía decir Vete y trae dos, para poner aquí y para poner allí, trae dos flacas. Las flacas son las mejores, porque comen más. Yo cazaba las más flacas. Y aprendí mucho con Ulpiano. Y sabía mucho. Y cuando murió Ulpiano empecé a saber más que lo que había aprendido con Ulpiano. Pero no me sirvió para nada. Hice dos cosas mal. Por eso se echaron a perder las abejas. Primero perdí el enjambre. ¿Tú ya sabes lo que es el enjambre?

—No, creo —dijo Matías. Dimas era tartamudo.

Y le explicó lo que es el enjambre. Y le explicó, de paso, lo que es la reina. En una colmena. Le dijo que la reina es la madre de las demás abejas. Que la reina es la abeja más potente. Después dijo que la reina tiene una sustancia. Para controlar a las demás abejas. Para darles órdenes. Usa esa sustancia para decirles lo que tienen que hacer. A las demás.

Dimas no decía «sustancia», claro; Dimas decía «olor». Pero cada vez que Dimas decía «olor», Matías escuchaba «sustancia».

Le explicó que a veces nacen demasiadas abejas en una colmena y que la reina no puede controlar

a todas. Con esa sustancia. Con ese olor. El olor no
da para todas. La reina no puede controlar a todas.
Y esas abejas jóvenes escapan de la colmena. Y eso
es el enjambre. El rebaño de abejas que se escapa
de la colmena. Las jóvenes. Y se escapan con una
reina nueva. Y si eso mismo lo hiciese un grupo de
personas en vez de un grupo de abejas, nosotros
diríamos que están emigrando. Lo que hacen es emi-
grar, diríamos.

Me lo dijo mi padre, siguió Dimas, que estuviese cerca. Cerca de la colmena. Que estaba a
punto de salir el enjambre. Siempre tiene que haber alguien cerca cuando sale el enjambre. Para ca-
zarlo y para volver a traerlo a casa. El enjambre.
Y mi padre me lo dijo a mí, que estuviera allí, que
estaba a punto de salir el enjambre. Es fácil saber
cuándo está el enjambre a punto de salir. Sale un
líquido negro por debajo de la colmena. Y la reina
canta. Ulpiano sabía si la reina era joven o vieja. Sólo con oír lo que cantaba. Eso era lo que él decía,
que sabía si era joven o vieja por lo que cantaba. Yo
no le creía. Pero Ulpiano lo seguía diciendo. Total, no se puede probar. Quién va a probar que es
joven la reina, o que es vieja. No se puede. Por eso
lo decía Ulpiano. Lo decía y se quedaba a gusto. Esa
reina es joven, ésa vieja. Ulpiano se quedaba a gusto
diciendo cosas así.

Dimas era muy tartamudo. Sacó una fresa
del bolsillo de la camisa entonces. Comió un trozo
y le ofreció lo demás a Matías. Matías dijo que no,
gracias. La fresa era imponente. Dimas comió otro
trozo y volvió a guardar lo que sobraba en el bolsillo.

El enjambre sólo sale con buen tiempo. Suele salir a las once de la mañana, o a las doce, o a las

doce y media, como mucho. Un poco antes o un poco después. Pero siempre a esas horas. Y entonces era cuando tenía que estar yo. En la colmena. Mi padre lo había visto la víspera. Que estaba a punto de salir el enjambre. Me dijo Estate desde las nueve de la mañana. Hasta que salga. Ni te muevas. Y al día siguiente estuve desde las nueve. Más de dos horas y pico. Pero después me fui. Entonces fue cuando se marcharon las abejas.

Los ojos de Dimas se ablandaron.

Cuando sale el enjambre hay que hacer como que llueve. Porque las abejas sólo se marchan con buen tiempo. Con lluvia nunca. Se cogen pucheros, de metal, y cucharas, y una lámpara vieja solíamos coger nosotros también. Y se hace ruido cerca de las abejas. Para hacer como que truena. Y se les tira a las abejas un poco de agua por encima, y si no hay agua, arena. Y las abejas creen que está lloviendo, y se ponen nerviosas y se posan en cualquier sitio. Se posan en un árbol cualquiera o en una piedra cualquiera. Cerca de la colmena. Entonces es fácil cazar el enjambre. Para coger a las abejas se dice Maria bil, Maria bil. «Maria» se le dice a la abeja.

Matías se dio cuenta, de repente, de que Dimas tenía una arruga larguísima en la cara. Le empezaba en el ojo izquierdo, pasaba por encima de la nariz y se perdía detrás de la oreja. Por un momento pensó que era posible que la arruga le diese la vuelta a la cabeza. Se le ocurrió a Matías, por otra parte, que tendría que comprar un libro sobre abejas o que tendría que buscar en alguna enciclopedia el término *abeja* o el término *apicultura*.

Pero perder el enjambre tampoco es tan terrible. Ese enjambre lo perdí yo. Pero eso tampoco es tan terrible. Se pierden unas abejas, sí. Eso sí. Pero quedan otras muchas. En las colmenas. Quedan la mayoría de las abejas. Pero yo hice otra cosa mal. Entonces sí. Entonces murieron todas las abejas de la casa.

Dimas me explicó que cuando muere alguien de la familia hay que avisar a las abejas. Hay que decirles que ha muerto alguien. Hay que tocar en la colmena, por fuera, unos golpes, tac-tac, y hay que decirles Ha muerto el padre o Ha muerto la tía. Sobre todo cuando muere el dueño de las abejas, que algunas veces es el padre y otras veces es la tía. Así me lo explicó Dimas, que hay que avisar a las abejas, para que estén enteradas, de lo que pasa en la familia. Que si no, me explicó Dimas, enferman y mueren. Las abejas. Después me dijo que él, Dimas, no les había dicho nada a las abejas, cuando murió su padre, y que por eso murieron todas. Que no quedó ni una abeja.

Entonces murió mi padre. No les dije nada a las abejas. No les dije que se había muerto. Mi padre. Y las abejas se pusieron malas, enfermas. Y murieron. Dicen que las abejas son sagradas. También Ulpiano solía decir. Que las abejas son sagradas. Pero mueren igual que los demás. Aunque sean sagradas. Yo he visto abejas muriendo. Yo hice que muriesen todas las abejas de casa.

Dimas sacó una mandarina, del bolsillo del pantalón ahora. Le quitó la piel y la dividió en dos partes más o menos iguales. Me ofreció una de las dos. Esta vez acepté. Dimas comía bastante más rápido que yo y, cuando había acabado su trozo de mandarina, parece ser que se dio cuenta de algo. Yo todavía tenía tres gajos en la mano y me pidió, por favor, que le devolviese uno. Yo le dije que, si quería, le podía devolver los tres; me dijo que no, que sólo necesitaba uno. Le di uno y me metí los otros dos en la boca.

Se levantó del suelo, puso las manos en la barandilla y empezó a mirar hacia el piso de abajo. Estaba mirando fijamente a algo que había en la planta baja de la pensión. Con el gajo de mandarina en la mano. Me dijo Ven. Yo también agarré la barandilla.

—¿Ves ese cuadro? —me señaló.

Había un cuadro a unos siete metros, en la planta baja, a la derecha de la puerta. Mitología griega.

—Sí.

—¿Te gusta?

—Bueno.

—A mí tampoco.

Me dijo que era famoso. Me dijo que era una copia de un cuadro famoso. Me dijo que le habían dicho que era un cuadro famoso, pero lo único que tenía claro Dimas era lo feo que era aquel cuadro. Era muy feo.

Entonces me señaló el gajo de mandarina. Lo partió por la mitad y le sacó un poco de pulpa. El gajo empezó a gotear. Antes de que se desangrara del todo, se agarró a la barandilla con la mano izquierda y tiró el gajo a la planta baja de la pensión, con todas sus fuerzas. Acertó en el centro del cuadro. Después el gajo empezó a resbalar hacia la parte inferior del cuadro y al final quedó colgando del marco.

Dimas empezó a correr. Se escondió en su habitación. Corría rápido Dimas a pesar de ser tartamudo. Yo me quedé sin saber qué hacer. Me escondí en mi habitación. Tenía olor a mandarina en los dedos.

7. Qaw laqaw

Matilde estaba cociendo una nécora. Matías miraba la muerte de la nécora. Estaban solos en la cocina. Matilde, la nécora y Matías. Si la nécora hubiese sabido escribir, habría escrito, en las paredes del puchero, «Este calor que estoy pasando natural natural no es». O habría escrito «Las nécoras siempre hemos sido rojas». Lo habría escrito con un *spray* amarillo, en las paredes del puchero, en inglés por supuesto.

Matías se apuró de repente. Se apuró porque vio que el espíritu de la nécora estaba saliendo del puchero. Y vio, además, que siendo el puchero pequeño como era, el espíritu de la nécora era gigante, muchísimo más grande que la propia nécora. Por eso se apuró Matías durante un rato.

Después le dijo a Matilde:

—He visto a Dimas tres veces.

—Pues ya le has visto más que yo entonces —Matilde.

Matías siguió hablando y dijo que había visto tres veces a Dimas y que las tres le había hablado de abejas y de colmenas, y que dos de las tres veces le había contado cómo había perdido el enjambre y por qué se habían muerto todas las abejas de la familia.

Obsesión es lo que tiene, dijo Matilde. Parece ser que a Tomás se lo había contado cuarenta y dos veces; que primero había perdido el enjambre y después todo el colmenar. Tomás lo escribía en un folio cada vez que se lo contaba; tenía cuarenta y dos folios. Por eso sabía Matilde que Dimas le había contado exactamente cuarenta y dos veces el mismo asunto. Tomás decía que cuando llegase a cien iba a hacer un libro con aquellos folios. Matilde intentaba explicarle a Tomás que todos los folios eran iguales y que no se puede hacer un libro así, todas las páginas iguales. Pero Tomás se enfadaba, decía que no eran iguales todos los folios, que Dimas siempre cambiaba algo, y que iba a ser un libro muy interesante, y que iba a poner en la portada el nombre de los dos, Dimas y Tomás; decía que aunque fuesen muy parecidos los nombres, era conveniente que apareciesen los dos en la portada, Dimas y Tomás.

—Pero no sabemos por qué —dijo Matilde.

—¿Cómo por qué? —Matías.

—No sabemos por qué no se quedó a vigilar el enjambre. Cuando estaba a punto de salir. Tampoco por qué no les dijo a las abejas que había muerto su padre. No sabemos por qué se le olvidó.

Los ojos de la nécora estaban más muertos que un ñu muerto. Matilde abrió el congelador dos veces y lo cerró tres. Después miró por la ventana. No vio nada que quisiera ver.

—Matilde... —dijo Matías entonces— Ese terreno que tenéis ahí atrás...

—¿Todavía no has salido al patio? —gritó Matilde. Porque era vergonzoso que, después de estar casi dos semanas en la pensión, Matías no hubiese visto todavía el patio de cerca.

Después le dijo Ven. Y pasaron por el vestíbulo de la pensión, y anduvieron por un pasillo, y pasaron primero una puerta y después otra, y lle-

garon a la parte de atrás de la pensión. Al patio de
la pensión. Entonces pudo ver Matías las lápidas
de cerca. Porque eran lápidas de verdad las del patio de la pensión. Tenían todos los detalles que tiene
que tener una piedra para ser lápida: nombres, apellidos, fecha de nacimiento, fecha de defunción, lagartijas marrones, lagartijas verdinegras.

—¿Por qué tumbas en casa, Matilde?

—¿Ves esas pequeñas? ¿Las que están cerca
de la pared? De ésas hay en muchas casas. En la mayoría de las casas. En algunas tienen lápidas y en
otras no. Pero están en la mayoría de las casas.

Matilde le contó que aquéllas eran las tumbas de los niños, de los que nacían muertos o de los
que morían sin bautizarse. Que hubo una época en
la que no se podían enterrar en los cementerios, porque habían nacido muertos o porque habían muerto
sin bautizar. Por eso se enterraban en casa. En las
huertas solían enterrarse. Solían hacer las tumbas cerca de la pared de la casa, debajo del ala del tejado. La
cosa es que el niño tenía que estar protegido; por eso
cerca de la pared de la casa, por eso debajo del tejado.

Y a algún Malanda le debió de parecer mal.
Que no se pudiera enterrar a los niños en el cementerio. Y aquel Malanda sería, seguramente, uno
de los burros más grandes de su tiempo. Quiero decir que sería terco, muy terco, y si no se podían enterrar niños en el cementerio, tampoco enterrarían a
ningún Malanda en semejante sitio. Niño o viejo.
Y empezaron a enterrar a todos los muertos en casa, en el patio.

Al principio había problemas, dijo Matilde,
creo que con el ayuntamiento. Pero que al final todo
el mundo entendió que los niños no se pueden que-

dar solos, en una huerta; sobre todo siendo tan pequeños, sobre todo después de morirse. Eso no hubo nadie en el ayuntamiento que no lo entendiera.

Y a Matías, delante de todas aquellas piedras, se le ocurrió empezar a pensar en epitafios. Y era curioso, porque siempre le había parecido un poco ridículo el asunto de los epitafios. Eso no quiere decir que no hubiese alguno que no le pareciese bueno. Había algún epitafio que le gustaba. Pero la mayoría no. El de Virgilio, por ejemplo (sólo recordaba que era una cosa muy larga, con muchas palabras). Se le ocurrió que los poetas se empeñan en dejar epitafios para la historia; epitafios, claro, solemnísimos. Pero, pensaba Matías, no se dan cuenta los poetas de que la solemnidad rara vez es buen marketing, y que la historia prefiere otro tipo de epitafios. La historia prefiere, por ejemplo, el epitafio de H. G. Wells, que dicen que era algo así como No os lo había dicho yo, imbéciles.

Le preguntó a Matilde entonces si nadie había escrito ningún epitafio.

—¿Epitafio? —se extrañó Matilde.

—Alguna frase debajo del nombre —también a Matías le pareció un poco peliculero nada más decirlo.

—Frases no. Tanto no, pero...

Matilde me llevó a un rincón del patio. Y vi:

URBANO MALANDA BALA
1862-1928

Y debajo del nombre y debajo de las fechas había una palabra. Y no sé si una sola palabra se puede considerar epitafio. Y no sé si Urbano Malanda Bala tenía intención de escribir un epitafio cuando escribió aquella palabra. Pero a mí me pareció un epitafio importante. Aunque sólo fuera una palabra. Y la palabra que estaba escrita debajo del nombre y debajo de las fechas era Hola. Urbano Malanda Bala les decía Hola a las personas que estuviesen en el patio de la pensión, en el rincón donde estaba él. Porque sin decir Hola no se suele empezar a hablar con nadie. Parece que para eso había escrito Urbano Malanda Bala Hola. Para eso o para reírse un poco de Virgilio.

Le pregunté a Matilde si todos los muertos eran de la familia. Me dijo que no, que también había gente de Idus. Me dijo que algunos eran amigos de la familia. Después me dijo que había algunos que ni siquiera eran amigos de la familia, pero que no tenían un panteón en el cementerio, y que por eso les habían hecho un sitio en la pensión. Porque a nadie le hace mucha ilusión que le metan en un nicho. Porque los nichos de alrededor están llenos de gente desconocida. Y la gente que meten en los nichos suele tener necesidad de hablar, como Urbano, y si los de alrededor son desconocidos, no hay confianza. Y la conversación resulta sosa. Por eso les dejaban un sitio en la pensión a los que no tenían panteón.

Matilde me explicó que lo peor que tienen los cementerios grandes son los mosquitos. Parece ser que en los cementerios grandes no hay otra cosa que moscas y mosquitos. Y si te entra un mosquito en la boca y te lo tragas, parece que te estás tragando un trozo de muerto. Y a saber de qué muerto es. Y qué trozo es. Me dijo que en el patio de la pensión no había mosquitos. Y que si había alguno era de confianza.

8. Meilhac

Todo eso le recordó a Matías un dilema que llevaba años sin resolver. Pongamos que un moscón entra en un tren. El moscón no se posa en ningún sitio; no se posa en los asientos, no se posa en las ventanas, no se posa ni siquiera en el techo. Una hora después, sin embargo, el moscón llega a un pueblo que está a cien kilómetros de distancia de su pueblo. El tren no lo ha llevado (porque en ningún momento se posa en el tren). Pero tampoco ha ido él solo; un moscón no vuela a 100 kilómetros por hora. El moscón del tren lo único que habría hecho, seguramente, es dar vueltas en el aire del vagón, como suelen hacer los moscones. Así y todo, el moscón recorre cien kilómetros, en una hora.

Matías no sabía qué llevaba al moscón a cien kilómetros. El tren no. Matías no sabía qué. Era una incógnita para Matías. Desde pequeño. Pero lo más probable es que hubiese alguna explicación física. La cuestión sería preguntárselo a algún físico. O a algún ingeniero. O a algún etc. Pero incógnitas mucho más grandes que ésa eran, para Matías, las cosas que le pasaban a la pantera rosa. Sobre las cosas que le pasaban a la pantera rosa, además, no podía Matías interrogar a un ingeniero o a un etc. Y es que muy pocos investigadores se han atrevido con las cosas que le pasaban a la pantera rosa.

Y todo eso le recordó a Matías otro problema. Calculó que llevaba ya tres semanas y media en la pensión y que todas las grabaciones que había hecho hasta entonces las había hecho en Idus. Que todavía no había salido de Idus. Y el proyecto era para todo Arbidas: para Idus, para Eldas y para Lanta.

Los siguientes cuatro días los pasó en Eldas, haciendo grabaciones en Eldas. Pero Eldas no tenía la misma potencia que Idus. Esto quiere decir que la gente de Eldas vivía en Eldas igual que podía vivir en Nantes o igual que podía vivir en Leverkusen. Y en esos cuatro días sólo grabó dos cosas que merecieran la pena. Pero tampoco fueron tan inútiles las horas que pasó en Eldas: encontró un papel en una enciclopedia Tabucchi.

Era un papel de los que valían. Un papel cuadrado, con letras mayúsculas, en tinta azul. La palabra MAIO. Matías recordó el portugués; «maio» con i latina era 'mayo' en portugués. El mes de mayo. Miró en el diccionario, por si acaso: *Maio. Quinto mês do ano.*

Y como en otro papel de otra enciclopedia Tabucchi había encontrado el número 12, juntó los dos papeles y vio que el resultado era «12 de mayo». Y, a no ser que estuviera muy equivocado, «12 de mayo» era, claro, una fecha.

Y buscó en todas las hemerotecas para saber qué significaba aquella fecha en Arbidas. Sobre todo el 12 de mayo del año en el que estuvo allí el vendedor de enciclopedias. También le preguntó a Matilde. Pero no encontró gran cosa: unas cuantas bodas, unos cuantos bautizos, el circo dos veces (Circo Universal, Circo Ringling) y acro-

bacias aéreas un año (1931). Hubo otro año en
el que, sin razón aparente, cayó al suelo la mitad
del campanario de la iglesia. La campana apareció
al día siguiente en la playa. Nada más. Porque estaba claro que «maio» era 'mayo' en portugués, pero
Arbidas no era Portugal. Ni Brasil. Ni siquiera Cabo Verde.

También encontró otro papel. Un papel que
no sabía si valía o no. No sabía si valía porque estaba roto por una esquina, y era imposible saber si
antes de romperse había sido cuadrado, o había sido rectangular, o había sido un octaedro. Parecía,
sin embargo, que aquel papel había sido cuadrado cuando lo recortaron. Claro que al estar roto
tampoco se leía bien lo que llevaba escrito: *etheus*
o *atheus*. Y se veía que faltaba alguna letra por delante.

Matías sacó una conclusión con todos aquellos datos. Y la conclusión fue que él, Matías, debía de ser medio tonto, porque tenía ya bastantes
papeles de los que valían y todavía no sabía ni por
dónde le daba el aire.

En Eldas grabó dos cosas que merecían la
pena. Una se la contó Fernando. Le habló de una
familia que vivía en su mismo bloque de pisos.
Y la impresión de Matías fue que Fernando no conocía a nadie en Eldas fuera de su bloque de pisos.
Pero Matías tuvo la misma impresión en todo Eldas: parecía que nadie conocía a nadie fuera de su
bloque de pisos. Y seguramente sería una impresión
falsa, cómo no iban a conocerse fuera de los blo-

ques. Pero ésa era la impresión que tenía Matías, y le parecía triste. Y todos los que vivían en el bloque de pisos de Fernando se peinaban igual, y no tenían un pelo fuera de su sitio.

La cosa es, le dijo Fernando, que los del 3ºD tienen una hija. Y parecía que para Fernando los del 3ºD no tenían nombre, ni apellidos, porque siempre eran los del 3ºD, en boca de Fernando. Sin nombre ni apellidos ni apodos. Y en todo Eldas Matías había escuchado pocos nombres y pocos apellidos, pero muchos 3ºD, 5ºH, 7ºA.

La cosa era que los del 3ºD tenían una hija, y que esa hija tocaba el violín desde pequeña, y que cantar tampoco cantaba mal. Y que, como casi todos los músicos, la hija de los del 3ºD había ido de un lado para otro desde que tenía nueve años. Hasta que con dieciocho años empezó a estudiar Derecho. Y acabó la carrera a trancas y barrancas. O, dicho de otra manera, acabó la carrera colgada del violín. Porque tenía ensayo los lunes, los martes y los miércoles. Y porque tenía ensayo los viernes y los sábados, a las nueve de la mañana y a las cinco de la tarde.

Y cuando acabó la carrera de Derecho montaron un grupo, de violines y de flautas traveseras y de guitarras. Con algún amigo del conservatorio. Montaron un grupo más tranquilo. Quiero decir que en vez de ensayar diecisiete veces a la semana, ensayaban tres. Tocaban cosas raras, dijo Fernando, que él les había escuchado alguna vez, más de una y más de dos, y que eran curiosas las cosas que tocaban. Pero que no tenían suerte. No tenían suerte con las compañías de discos, y llegó el día en el que la hija de los del 3ºD se cansó de tanta historia.

Y empezó a trabajar en una oficina; en una oficina de abogados, claro, y los abogados eran, cómo no, prestigiosos, y tenían bigote tres de cuatro, y uno de ellos no tenía más que manchas rojas en la cara, a izquierda y derecha de la nariz y en los párpados.

Entonces fue cuando se disgustaron los del 3ºD. Los padres quiero decir. Se disgustaron porque su hija había dejado la música. Y porque le habían salido unas manchas rojas en las mejillas y cerca de las cejas. También por eso se disgustaron. Pero sobre todo se disgustaron porque no querían a su hija en una oficina.

El padre dijo que las manchas que le habían salido eran por la luz del ordenador, ocho horas al día, y la madre dijo que el marrón de las paredes de la oficina era demasiado marrón, ocho horas al día, su hija. Y fijándose bien, se dieron cuenta de que las manchas rojas de la cara de su hija no eran solamente manchas. Se dieron cuenta de que encima de las manchas le habían salido unos granitos blancos y que, de vez en cuando, le caían de allí pequeños trozos de piel, en el cuarto de baño y en el sofá de la sala.

La madre no quería imaginarse a su hija todos los días en la oficina. No quería imaginarse a su hija, por ejemplo, en la oficina hasta jubilarse. Y puestos a imaginar, se imaginaba que las manchas rojas de la cara se le iban a extender por todo el cuerpo, y que, poco a poco, se le empezarían a caer trozos más grandes de piel, en el cuarto de baño y en el sofá de la sala, y que su hija iba a parecer más un pez que una persona.

Entonces empezaron los padres a intentar convencer a su hija. Pero su hija no quería dejar la oficina, porque estaban a tope de trabajo y porque no cobraba mal del todo. Esto quiere decir que la hija de los del 3ºD mucho caso no les hacía a sus padres. Por eso pensaron en ponerle algún castigo. Pero les pareció un poco tonto tener castigada a una persona de 26 años. Por ejemplo sin cena. Por ejemplo sin salir de su habitación; por ejemplo un fin de semana.

Se desesperaron los padres. Porque su hija tenía cada vez más manchas rojas, y porque las cuerdas del violín estaban blandas ya, y parecían tiras de chicle y no cuerdas de violín. Y el padre empezó a ir a la oficina de la hija. Quería que le diesen una excedencia, de un año. El objetivo del padre no era la excedencia de un año, claro; el padre quería una prórroga para su hija. Y quería una prórroga para volver a colgar a su hija del violín y para que siguiese con el grupo y para que pudiesen firmar algún contrato, con una compañía de discos. Pero el jefe de su hija le dijo que no, que todavía hacía poco tiempo que la chica había empezado a trabajar y que había mucho trabajo y que la excedencia no sería sino perjudicial, tanto para la trabajadora como, sobre todo, para la empresa. Así se lo dijo el abogado. Sobre todo para la empresa, le dijo.

Perdieron la cabeza entonces los del 3ºD. Y no se les ocurrió otra cosa que hacer llamadas anónimas a la oficina. Y todo el bloque de pisos sabía que los del 3ºD estaban haciendo llamadas anónimas, pero nadie decía nada. La cosa es que daban un poco de pena los padres del 3ºD. Porque también al padre le habían empezado a salir manchas rojas en la cara, parecidas a las que le habían salido a la hija. Y era de ver la cantidad de trocitos de piel que había en el sofá de los del 3ºD y, sobre todo, en el cuarto de baño de los del 3ºD.

Pero lo cierto es que los del 3ºD empezaron a hacer llamadas anónimas. Y les decían a los abogados que les iban a quemar la oficina. Porque la intención de los del 3ºD era que los abogados se trasladasen a otro sitio. Y es que los del 3ºD sabían perfectamente que su hija no se iba a ir a otra ciudad o a otro país, porque tenía la familia en Eldas, porque tenía el novio en Eldas, porque tenía los amigos en Eldas.

Y al final lo consiguieron. Los abogados trasladaron la oficina. Pero los del 3ºD no consiguieron todo lo que querían. La cosa es que su hija se marchó con los abogados. Quiero decir que los del 3ºD consiguieron justo lo contrario de lo que querían conseguir.

Fernando siguió contando y dijo que los padres del 3ºD tenían cada día peor cara, y que el hombre debía de tener una enfermedad en el cuello y que andaba mirando hacia abajo, que no podía enderezar el cuello. Pero la gente comentaba que, así y todo, el matrimonio del 3ºD había ido tres o cuatro veces a visitar a su hija, y que andaban en tratos con las compañías de discos de allí, y que parecía que estaban consiguiendo algo, y que en la vida, a veces, las cosas, ya se sabe.

Así fue como terminó Fernando de contar. Ésa fue la última cosa que dijo. Matías sabía que en esa historia faltaba el final, pero pensó que quizá lo mejor fuese que faltara el final. Porque hay finales que destrozan las historias. Otras veces son los principios los que destrozan las historias. Cuando no es la mitad de la historia lo que destroza la historia.

Cuando salió de casa de Fernando, tenía unas ganas importantes de llegar a Idus y de llegar a la pensión. Pero en un semáforo se le puso un hombre delante. No le dejaba avanzar. Empezó a hablarle:

—El Museo no está aquí. Esto es Eldas. El Museo está en Idus. Si desea ir al Museo, puede usted ir en tren. O en autobús. El tren está por esa calle a la derecha. El autobús aquí mismo, en esa marquesina.

El hombre le dio toda esa información. Sin que Matías le hubiera preguntado nada. Aun así, Matías dijo «Gracias» o dijo «Vale», una de las dos, y siguió adelante. Pero el hombre le volvió a cortar el paso. Empezó otra vez a hablar:

—Hay pájaros a los que se les dislocan las alas, ¿sabía usted eso?

Después de decir esa frase, el hombre dejó a Matías y se puso delante de otra persona. Matías, a pesar de que tenía muchas ganas de llegar a Idus, se quedó mirando. Y vio que el hombre repetía lo mismo a todo el mundo: el Museo, los trenes, los pájaros, las dislocaciones. Y lo que más sorprendió a Matías fue que el hombre no tuviera ni legañas ni nada en los ojos. Lo que más sorprendió a Matías fue lo limpios que tenía los ojos aquel hombre.

Matías hizo otra grabación curiosa en Eldas. Además de todo eso.

9. Colgo e volo

Matías estaba en la cama, por la noche. Pero estaba en la cama igual que podía estar encima de un columpio; esto quiere decir que no dormía y que estaba mirando a todo lo que había en la habitación, sin luz.

Y en la habitación de Ana se empezaron a oír golpes, tac, tac, tac. Y eran golpes continuos, unas veces más rápidos y otras más lentos, tac... tac... o tac-tac-tac. Como si Ana se estuviese moviendo encima de la cama. Matías se puso nervioso, y se le calentó toda la cara menos la nariz. Y recordó que alguna vez había oído a Matilde diciéndole a Ana que le quería conocer algún novio, que siempre andaba sola, y que eso no era normal, sobre todo después de la universidad. Tampoco Matías entendía cómo no tenía novio. Tan parecida a un cuadro de Renoir. Y estuvo pensando en cosas así, y también imaginó muchas cosas en la habitación de Ana, encima de la cama, tac, hasta que se oyó el último golpe.

Estuvo atento bastantes minutos después, pero no se oyeron más golpes. Matías pensó entonces que había tenido demasiada imaginación, y que aquellos golpes no habían sido movimientos encima de la cama. Ana podía estar, perfectamente, limpiando el espejo de la habitación; porque todo el mundo sabe que los movimientos encima de la ca-

ma y las limpiezas de espejo hacen un ruido parecido, y que ese ruido es tac, tac, tac, o tac... tac...
Hay ocasiones, además, en las que hay que limpiar
los espejos bastante más rápido (tac-tac-tac); sobre
todo cuando existe la costumbre de lavarse los dientes delante del espejo y cuando el dentífrico se empieza a expandir por todas las esquinas del espejo
y del marco del espejo.

Matías estaba en la cama y era ya de día.
Habían pasado siete horas y veintitrés minutos desde que se durmiera el día anterior. A Matías le pareció poco y cerró los ojos para seguir durmiendo.
Pero se acordó de que la víspera había decidido que
ese día no iba a trabajar. La víspera había decidido
que al día siguiente no iba a trabajar y que, en vez
de trabajar, iba a hacer otras dos cosas: Había decidido que 1) iba a comprar una enciclopedia y 2) iba
a ir al Museo.
      Por eso se quitó las mantas a todo correr.
Pero antes de levantarse miró al suelo. Allí estaba
la rana, cómo no. Y no quería volver a pisar a la rana. Por eso miró al suelo antes de levantarse. La
cosa era que, desde que estaba en la pensión, había
pisado a la rana un montón de veces, al levantarse
de la cama, y que en los últimos días había visto
cojeando al animal.
      Avisó a la rana: que iba a saltar de la cama
y que se apartase, por favor, hacia un lado o hacia
el otro. La rana fue hacia el balcón y a Matías le
pareció que, gracias a Dios, ya casi no se le notaba
la cojera.

En la calle no quedaba ya más que algún rastrojo de viento. Estaba claro que había habido viento fuerte por la mañana temprano, pero que para cuando salió Matías empezaba a desmoralizarse. El viento. Soplar sí soplaba, pero sin entusiasmo.

Matías entró en la librería y pidió una enciclopedia. Corrigió; no quería una enciclopedia, quería un diccionario enciclopédico, en un solo libro. El librero le trajo un libro obeso. Que aquél era el único diccionario enciclopédico que tenía, pero que si quería le podía pedir alguno concreto, de alguna editorial concreta. Matías dijo que tranquilo, que aquél estaba bien. Y pensó que los comerciantes son un poco dictadores. Porque si un comerciante no tiene más que mocasines granates en el almacén, nosotros andaremos, durante dos años o durante cinco años, con mocasines granates. Así y todo le gustó aquel diccionario: era un libro elegante y parecía un alga.

Cuando salió de la librería no había ni rastro de viento en la calle. Aquélla era la primera vez que veía Idus sin viento. Por eso se sentó en un banco. Y decidió que no iba a ir a la pensión. Y que lo que tenía pensado hacer en la pensión lo haría en la calle, en un banco.

Lo primero que hizo fue revisar la enciclopedia; quería ver si era realmente buena. Pero revisó sin ningún criterio; abría el libro por cualquier sitio y leía cualquier cosa. Y Bolland, Jean van / hagiógrafo y jurista belga / Julémont 1596-Amberes 1665 / dirigió las *Acta sanctorum* o vida de santos... O Böll, Heinrich / novelista alemán / Colonia 1917-Bornheim 1985 / autor de *Billar a las nueve y media* / Premio Nobel de Literatura... O estradivarius / violín hecho por el célebre constructor... O Szczecin / ciudad del NO. de Polonia / capital del vaivodato de su nombre en la desembocadura del Oder / 381.400 habitantes... O, para acabar, Klimt, Gustav / pintor austriaco / Viena 1862-1918 / trabajó tendencias tales como.

Cuando comprobó que el diccionario enciclopédico servía, Matías empezó a hacer lo que realmente quería hacer. Es decir, sacó un papel del bolsillo trasero del pantalón y empezó a buscar en la enciclopedia los nombres que tenía apuntados allí. Eran los nombres de las calles de Idus. No todas las calles, claro. Nombres de personas todos. A Matías le intrigaban los nombres de las calles de Idus. Casi todos eran nombres extranjeros. De personas extranjeras. Matías no conocía a nadie.

El nombre de una calle de Idus era calle Egas Moniz; y Egas Moniz en la enciclopedia era: Moniz, Egas. Médico portugués (Avanca, 1874-Lisboa, 1955). Llevó a cabo las primeras angiografías cerebrales (1927). Y cualquiera sabe lo que es una angiografía. Cerebral. Pero teniendo un diccionario enciclopédico en las manos, no se puede decir «cualquiera sabe lo que es una angiografía». Teniendo un diccionario enciclopédico en las manos, una angiografía es: f. radiografía del sistema vascular.

Después buscó Alexis Carrel. «Calle Alexis Carrel» era otra calle de Idus. Pero en la enciclopedia no era un nombre de calle; en la enciclopedia era: Carrel, Alexis. Biólogo y médico francés (Sainte-Foy-les-Lyon, 1873-París, 1944).

Matías se dio cuenta entonces de que todas las personas importantes, por mucho que nazcan en pueblos extraños (Sainte-Foy-les-Lyon), siempre mueren en capitales (París). Siempre mueren en París, en Londres o en Varsovia. Luego pensó que también había otro tipo de casos: los que nacen en Varsovia y mueren en Washington. Por ejemplo.

También pensó que las personas importantes se mueren sin sustancia, sin pensárselo dos veces, en cualquier sitio. Porque sería muchísimo más conveniente que las personas importantes muriesen en un pueblo pequeño o en un sitio que ni siquiera llegase a la categoría de pueblo. De esa manera aparecerían en la enciclopedia lugares que de otra manera ni se imaginarían apareciendo en una enciclopedia. Y la gente tendría la oportunidad de conocer pueblos como Sainte-Foy-les-Lyon. Y, dentro de unos años, cuando un grupo de excursionistas, después de confundirse de camino nueve o diez veces, llegase a Sainte-Foy-les-Lyon, podrían comentar: Alexis Carrel jugaría por aquí, en esta plaza, seguramente, a fútbol, en 1882, más o menos. Pero enseguida se darían cuenta de que por aquel entonces los niños jugarían poco al fútbol, que es posible que ni supieran lo que era el fútbol, y que, aunque jugaran, los balones serían de bastante mala calidad.

Hasta el momento había buscado dos nombres de calles en la enciclopedia y, era curioso, los dos eran nombres de médicos. Un portugués y un francés. Podía ser casualidad. O podía ser que todas las calles de Idus tuvieran nombre de médico. Seguramente no. Pero, pensó, se debería hacer algo así en algún pueblo: todas las calles nombres de médicos. Porque se hacen muy pocas cosas en favor de los médicos. La gente les tiene mucho cariño a los médicos, y les regala perdices a los médicos, pero se hacen muy pocas cosas en favor de ellos. Y una manera deportiva de hacer algo en favor de los médicos sería darles todas las calles de un pueblo.

Matías se entretuvo un rato en las páginas donde había encontrado a Alexis Carrel. Había más personas por allí; estaban Lewis Carroll, Eugène Carrière, Enrico Caruso. Pero se cansó de ver tantos nombres propios y le llamó la atención una entrada curiosa: Casas Viejas (sucesos de). No era ésa una entrada común en una enciclopedia. Por eso leyó un poco: Casas Viejas (sucesos de). Alzamiento llevado a cabo por los habitantes de Casas Viejas (Cádiz) en 1933. Proclamaron el comunismo libertario y repartieron las tierras. La Guardia Civil acabó con la revuelta con excesiva violencia. El gobierno republicano perdió la credibilidad y las elecciones de aquel año. Y así acababa la entrada enciclopédica, con esa última frase tan florida.

Después seguí buscando los nombres de las calles de Idus en la enciclopedia. Otra calle era «Calle Théodore Maunoir». Pero Théodore Maunoir no aparecía en la enciclopedia. Entonces busqué Luis Appia. Luis Appia era otra calle de Idus. Tampoco había ninguna entrada Luis Appia. Me empecé a extrañar.

El siguiente sí, encontré el siguiente: Dunant, Henri. Filántropo suizo (Ginebra, 1828-Heiden, 1910). Tras presenciar la célebre batalla de Solferino, se dio cuenta de que la mayoría de las víctimas (40.000 entre heridos y muertos) se hallaban completamente desamparadas. Preocupado por esta situación, creó en 1863 el Comité Internacional, con idea de ayudar a heridos y enfermos en tiempo de guerra. Estaban junto a él, en aquel primer Comité, otros cuatro vecinos de Ginebra: el general Guillaume-Henry Doufour, el abogado Gustavo Moynier y los doctores Luis Appia y Théodore Maunoir. Fueron durante una época llamados «El Comité de los Cinco» y después la organización tomó el nombre de Cruz Roja.

Y, lo que son las cosas, un minuto después de haber estado buscando a Luis Appia y a Théodore Maunoir, los había encontrado sin buscarlos. Luis Appia y Théodore Maunoir no tenían entrada propia, pero aparecían en la de Henri Dunant. También la calle Luis Appia, la calle Théodore Maunoir y la calle Henri Dunant estaban cerca en Idus. Pero eso no sería casualidad, claro.

Después leí que a Henri Dunant le habían concedido el Premio Nobel de la Paz, en 1901. Y me pareció que el Premio Nobel tenía que ser un premio muy pequeño. Porque en ese comité había cinco personas y solamente le habían concedido el premio a uno, y un premio que no se puede dividir en cinco tiene que ser, por fuerza, un premio muy pequeño. Tiene que ser, por fuerza, un premio enano.

Volví a leer lo que decían de Henri Dunant. Henri Dunant no había sido arquitecto; ni químico; ni inventor; ni farandulero. Henri Dunant había sido filántropo. Pero por muy filántropo que hubiera sido, se me ocurrió que alguna barrabasada ya habría hecho en su vida. Porque es difícil ser filántropo todos los minutos del día y todos los minutos de la vida. Estaba seguro de que Henri Du-

nant le tenía que haber hecho alguna barrabasada
importante a, por ejemplo, un compañero de escuela o a, por ejemplo, una tía por parte de madre.
Por muy filántropo suizo que fuera.

Y como había acabado ya de buscar todos
los nombres de calles que tenía escritos en el papel,
empecé a enredar en la enciclopedia. Abrí el libro
por el final, por la letra *w*. Y vi a John Lennon en
un retrato, y me entraron ganas de saber algún dato
sobre John Lennon. Pero enseguida reconocí, como ya había reconocido muchas veces antes, que yo,
Matías Malanda, debía de ser medio bobo, porque
John Lennon no puede aparecer, en una enciclopedia, en la letra *w*, aunque ése hubiera sido el capricho más grande del propio Lennon, aparecer en
las enciclopedias en la letra *w*.
Pongamos que John Lennon hubiera escrito en su testamento: «Querría que, en todas las
enciclopedias escritas a partir de ahora, mi nombre apareciese en la letra *w* en vez de aparecer en la
letra *l*». Dada la gravedad del caso, los enciclopedistas no tardarían en emprender acciones contra John Lennon, por supuesto. Dejarían los enciclopedistas, por ejemplo, de escuchar a los Beatles.
Y eso supondría un desbarajuste importante para
ellos, porque dicen que todos los enciclopedistas
vivos son seguidores sistemáticos de los Beatles.
Y John Lennon no perdería gran cosa, porque es
probable que esté ya bastante desintegrado, pero
los enciclopedistas no podrían decir lo mismo. Ni
parecido.

Entonces me di cuenta de que aunque yo hubiese visto a John Lennon en la ilustración de la enciclopedia, aquel hombre se llamaba Henrik Wergeland, poeta noruego (Kristiansand, 1808-Kristiania, 1845). Y Henrik Wergeland tenía las mismas gafas que John Lennon, la misma boca que John Lennon y la misma chaqueta que John Lennon. Quiero decir que el parecido entre John Lennon y Henrik Wergeland era escandaloso.

Después me empecé a fijar y vi que había muchos nombres conocidos en aquella letra *w*, en la misma página de Henrik Wergeland. Estaban allí, por ejemplo, Wim Wenders cineasta alemán (Düsseldorf, 1945) o H. G. Wells escritor británico (Bromley, 1866-Londres, 1946) o Westfalia (paz de) tratados firmados por Alemania, Francia y Suecia, que en 1648 pusieron fin a la Guerra de los Treinta Años, que se dice pronto, o James Whistler pintor y grabador estadounidense (Lowel, Massachusetts, 1834-Londres, 1903) o Walt Whitman, poeta estadounidense (West Hills, 1819-Carden, 1892). Y había un retrato imponente de Walt Whitman en la página. Y lo curioso era que Walt Whitman no miraba al retratista con los ojos; lo curioso era que Walt Whitman miraba al retratista con la barba.

Eran todos nombres conocidos, pero me di cuenta de que casi no sabía nada sobre ninguno de ellos. Saqué la pelota de goma del bolsillo. Conocía mejor a la serpiente que había dentro de la pelota que a las personas que estaba encontrando en la enciclopedia. Sabía, por ejemplo, que la serpiente se estaría riendo en aquel momento. Miré a la serpiente a la cara. Se estaba riendo.

Dejé caer la pelota encima de las páginas del libro. Quería ver cómo botaba encima de un diccionario enciclopédico y, de paso, qué dirección tomaba después de pegar contra la barba de Walt Whitman. Pero me olvidaba de que mi pelota nunca botaba encima de un libro. Por convicción. Y eso es extraño, porque las de goma son las pelotas que más botan entre todas las pelotas. Pero hacía tiempo que lo había decidido la serpiente: nunca iba a botar encima de un libro.

Ésa era la manera de ser de la serpiente. Pensaba mucho antes de hacer las cosas. Después decidía. Y la decisión siempre era una decisión drástica, claro. Y la decisión drástica en aquel asunto era no botar nunca encima de las páginas de un libro. Y parece que se trata de una norma bastante general; es decir, no hay serpiente en el mundo que bote encima de las páginas de un libro. El caso de los seres humanos es bien distinto.

Cerré el libro entonces, guardé la pelota y empecé a andar hacia el Museo.

10. Derrida

Uno de los defectos más gordos de Matías era que recordaba algunas conversaciones casi de arriba abajo.

—Sí. Diga —en el teléfono.

—¿Miguel Malanda, por favor?

—Sí.

Enseguida:

—Sí —Miguel.

—Hola, Miguel.

—Matías, Gonzalo no se cree que seas famoso. Explícaselo tú.

—... —Matías.

—¿Sí? —la voz de Gonzalo.

—Hola, Gonzalo —Matías.

—Miguel dice que eres famoso.

—Bueno...

—Y ¿en qué eres famoso?

—... —Matías. Cuatro segundos.

—Es mentira, Miguel —Gonzalo hablándole a Miguel—. No dice nada. Tu hermano. Es mentira, Miguel. La próxima...

Gonzalo siguió hablando, pero cuanto más se alejaba del teléfono, menos entendía Matías.

—¡Matías! —Miguel otra vez—. ¿Por qué no se lo has dicho?

—Es difícil, Miguel.

—Es difícil es difícil. La próxima vez dile algo. A Gonzalo hay que decirle cosas. Ahora estará que sopla, y romperá alguna ventana, o alguna vitrina. O los ganchos de colgar las toallas. Siempre rompe los ganchos de colgar las toallas. Cuando se enfada. También rompe las antenas de la televisión. Y las de las radios.

—Son cosas del Ministerio, Miguel. Fuera del Ministerio me conocen tres.

—Pero en el Ministerio eres importante, ¿no?

—Según.

—...

—...

—Matías...

—Dime.

—¿Ya estás buscando la casa?

—Creo que ya no tengo que buscar más.

—¿Ya está? ¿Y cómo es? —Miguel.

—Perfecta para ti. Y para mí. Es una pensión.

—¿Cuántas lámparas tiene?

—Diecisiete.

—Diecisiete —Miguel.

—Vive una familia.

—¿Como para nosotros?

—Como para nosotros.

—¿Las lámparas son potentes?

—Quince sí; las otras dos normales.

—¿Cuándo voy, Matías?

—Primero tengo que pedir el traslado. En el Ministerio.

—¿Y eso cuántos días es?

—Días o meses.

—Bu.

—Yo creo que es perfecta la casa, Miguel.

—¿Para siempre?

—Para siempre.

—...

—...

—Ayer estuvimos haciendo cuadros —Miguel.

—¿Y?

—Yo pinté un letón. Y le puse una inscripción debajo.

—¿Qué inscripción?

—Puse: «Cuatro sillas, una cafetera y Centroamérica». Eso es lo que puse. Después puse: «Las cafeteras se ensucian mucho».

—¿Eso pusiste?

—Eso puse. Con azul cobalto. Hice la inscripción con azul cobalto.

—Y ¿cómo era el letón?

—El letón era una persona normal. Con una camiseta Lacoste. Verde.

—Ya.

—Hasta mañana, Matías.

—Hasta mañana, Miguel.

11. Fausto Maderno

Matías sabía perfectamente dónde estaba el Museo de Idus. Lo había visto entre calles un montón de veces. Siempre entre calles. Nunca entero. Es difícil ver las cosas enteras cuando se ven entre calles. Siempre hay una casa, o un árbol, o un alero, o una farola que tapa. Por eso no había visto nunca Matías el Museo entero. Había visto: una pared del Museo y un cartel metálico del Museo. En el cartel había leído: MUSEO. Por eso sabía dónde estaba el Museo y adónde tenía que ir a visitar a Malco y a ver el cuadro del que tanto hablaba Malco.

Llegó al Museo, pero se dio cuenta de que la pared en la que estaba el cartel no era la parte delantera, sino simplemente una esquina del edificio. Y empezó a bordear el Museo. Para buscar la parte delantera. Para buscar la puerta. Y a medida que andaba alrededor del Museo, se daba cuenta de que era un edificio raro; retorcido; revuelto. Parecía, además, que no era un solo edificio; parecía que eran varios edificios, unos junto a otros.

Pero cuando llegó a la parte delantera y pudo ver el Museo completo, se dio cuenta de que lo que allí había no eran varios edificios; lo que había allí eran unas tijeras. Esto quiere decir que el Museo de Idus tenía forma de tijera. El Museo de Idus tenía forma de unas tijeras abiertas, puestas de pie.

Es decir, había allí algo parecido a dos torres, torcidas las dos hacia fuera, pongamos que una hacia el oeste y la otra hacia el este, y esto daba a entender que las tijeras estaban un poco abiertas. Y debajo de las torres había otros dos edificios redondos, con un agujero en medio los dos. Y esto nos daba a entender que, de la misma manera que las tijeras tienen dos agujeros para meter los dedos, índice y pulgar, también el Museo tenía, en esos dos edificios redondos, dos agujeros, para imitar a los agujeros que tienen las tijeras para meter los dos dedos, índice y pulgar.

Y, además de todo eso, el Museo tenía otra peculiaridad: parecía que las tijeras estaban cortando un trozo de lana. Y ese hilo de lana que estaban a punto de cortar las tijeras colgaba de una torre a la otra. Pero Matías vio enseguida que la lana que estaba a punto de ser cortada no era lana, claro. La lana era un puente. Y el puente servía para pasar de una torre a la otra. Entonces, una tras otra, le vinieron a la cabeza a Matías tres tías suyas que habían muerto el año anterior, las tres durante el mismo año, en menos de siete semanas. Las tías más cercanas. Y no entendía por qué recordaba a sus tres tías allí, ni más ni menos que delante de un museo retorcido.

Y recordó cuatro o cinco cosas de las que solían decir sus tías, pero pronto volvió a pensar en el Museo. Y decidió pensar en la arquitectura de aquel edificio. Y pensó que la mentalidad de los arquitectos es enrevesada. Y peligrosa. Peligrosa para ellos y para las demás personas. O quizá para ellos no; pero sí para los demás. Y podía haber seguido pensando en lo agresiva que es la mentalidad de los arquitectos. Pero no siguió. Porque todo lo que sabía sobre arquitectura lo había aprendido en la calle, y las cosas que se aprenden en la calle, con los amigos, suelen ser bastante llamativas, eso sí, pero en cuanto a seriedad científica son más bien tristes. Son informaciones cojas. Y a veces suelen tener goteras esas informaciones y, otras veces, suelen tener la barba mal afeitada. Y una información con barba de tres días o con cortes encima del labio es una mala información. Y una información disoluta. Y libertina.

Matías entró en el Museo por la puerta principal. No había nadie dentro, pero el silencio era bastante pobre. Porque en un sitio que está vacío no puede haber otra cosa que silencio, y allí en vez de silencio se oía un tango. Por eso era pobre el silencio del Museo. Porque de un tango se podrán decir muchas cosas, pero nunca que es silencioso.

Un poco más adelante Matías vio a un hombre. Cerca de un mostrador de información. Él era el que estaba cantando el tango. Pero un tango se puede cantar suave; o se puede cantar normal (sobre todo dentro de un museo). Pero aquel hombre estaba gritando el tango.

A Matías tampoco le pareció tan raro: porque tiene que ser aburrido trabajar en un mostrador de información y que no entre nadie al Museo y pasarse todo el día sin dar una información. Y alguna manera hay que buscar para pasar el tiempo lo mejor posible, y una buena manera de pasar el tiempo es cantar tangos o cantar milongas.

Y a Matías le habría parecido totalmente normal aquella situación, si aquel hombre no hubiera estado colgado de un travesaño. No estaba colgado del cuello, por supuesto; agarraba el travesaño con las manos. Y es que sería bastante incómodo cantar un tango colgado del cuello. La cosa es que cuando se está colgado del cuello, por lo que cuentan, la soga suele presionar las cuerdas vocales de una manera malsana. Una persona que esté colgada del cuello puede cantar una canción de cuna o incluso una habanera, pero nunca un tango. Los tangos son muy difíciles de cantar. Es como cuando le metieron a Carlos Gardel una bala en un pulmón. Estuvo casi un año sin cantar. Y a la hora de cantar un tango, es bastante parecido tener una bala en un pulmón y estar colgado del cuello, en un travesaño. En las dos situaciones hay dificultades para cantar un tango. La calidad del tango se entristece igual en las dos situaciones.

Pero aquel hombre no estaba colgado del cuello; aquel hombre agarraba el travesaño con las manos. Y, con dificultad, intentaba avanzar en él, una mano detrás de la otra. Le faltaban tres metros para llegar al final del travesaño.

El hombre no veía a Matías, porque miraba exactamente hacia el otro lado, y cantaba cada vez más alto, con triunfalismo. Matías llegó cerca de él y le dijo «Perdone». Le dijo:

—Perdone.

El trabajador del Museo dejó de cantar de repente. Soltó las manos del travesaño y aterrizó con un poco de ruido. Se dio entonces la vuelta hacia Matías. Empezó a hablar, con un poco de ruido también:

—Otra vez. Otra vez —dijo—. Otra vez.

—... —Matías no entendía por qué decía aquel hombre «otra vez»; él era la primera vez que entraba al Museo.

—Otra vez —dijo el hombre.

—¿Por qué «otra vez»? —Matías.

El hombre dijo otros tres «otra vez» y en medio de ellos intercaló un «como siempre». Después le empezó a gritar a Matías que llevaba desde que inauguraron el Museo, hacía cuatro años, intentando bajar por aquel travesaño. Del primer piso a la planta baja. Matías vio que el travesaño atravesaba toda la planta baja y que subía por el techo de las escaleras hacia el primer piso.

El hombre le explicó que no había otro travesaño igual en todo el mundo, que había sido un capricho del arquitecto, y que sólo lo había puesto del primer piso a la planta baja. Después le dijo que él, el trabajador del Museo, lo había visto desde el primer día, desde la inauguración, y que, no sabía por qué, le había parecido curioso, y que, desde el primer momento, había tenido ganas de bajar por él, desde el primer piso a la planta baja. Le dijo que lo quería bajar como un artista, y que para eso necesitaba concentración, y que para concentrarse cantaba; cantaba tangos. Pero que siempre se le acercaba alguien, alguien del Museo o alguien de fuera, y que le decía «perdone», y que a él no le quedaba más remedio que suspender el descenso.

Cuando terminó la explicación parecía que estaba más tranquilo. No totalmente tranquilo, pero más que cuando se había soltado del travesaño. Matías se asustó con la explicación del hombre, y le dijo que él, Matías, no había tenido mala intención, que lo único que quería era hacerle una pregunta, y que por eso le había dicho Perdone, pero que si hubiese sabido que era tan importante lo del travesaño, no le habría dicho nada, ni mucho menos, y que habría estado esperando a que terminara. Después volvió a decirle que lo único que quería era hacerle una pregunta y que perdonase por favor.

—¿Por qué una pregunta? —dijo el hombre—. ¿Por qué a mí?

Por esto, dijo Matías señalando el mostrador de información.

—No, yo no trabajo aquí.

El hombre le explicó que él no era trabajador del Museo, que él trabajaba en un cine, pero que por las mañanas solía haber poco movimiento, y que había cogido la costumbre de ir al Museo, a bajar por el travesaño a veces y a ver cuadros otras veces. Y que, para qué iba a empezar a esconder verdades a su edad, tampoco le disgustaba una mujer que trabajaba en el Museo, y que era una señora de cuarenta y tantos años, viuda, y que él estaba soltero, y que nunca se sabe, mañana o dentro de un año.

El hombre notó que Matías seguía un poco nervioso y le dijo que no, que se tranquilizase, que no pasaba nada por lo del travesaño, que ya lo haría otro día. También le dijo que, si quería, le podía contestar a la pregunta que tenía para hacerle, aunque no fuese trabajador del Museo; que conocía el Museo de arriba abajo, y que venga, que soltase la pregunta, que seguro que le podía contestar, y que estuviese tranquilo.

Matías no tardó en darse cuenta de que, aunque quisiese, el hombre no podía parar de hablar, y decía cosas decía cosas decía cosas, sin intención aparente de dejar descansar al que le estuviese oyendo. También se dio cuenta de que aquel hombre le había resumido toda su vida en cuarenta y dos segundos, y que el resumen incluía el área laboral y el área sentimental.

Y aunque a Matías todo le seguía pareciendo extraño, pensó que el cantante de tangos tenía que ser buena persona. Porque un ser humano que hable tanto no puede ser malo; tonto sí, quizá, pero no malo. Vio con claridad, además, que al hombre se le había pasado completamente el enfado y que lo único que quería ahora era ayudarle a él, a Matías.

Así que cogió confianza y se atrevió a hacerle la pregunta. Matías quería saber en qué sala estaba el cuadro de Alfred Tauman, el que tenía los insectos encima. Y así mismo se lo preguntó. Le preguntó en qué sala estaba el famoso cuadro, el de Tauman, *Una visita inesperada* creo que se llama, el que tiene encima hormigas, libélulas, abejas y qué sé yo cuántos insectos más. Y de paso le dijo que era amigo de Malco, el restaurador, y que quería hacerle una visita, a ver qué tal las cosas, pero sobre todo tenía ganas de ver el cuadro ya y que por eso había venido al Museo. Después le explicó al hombre que Malco era restaurador de arte y que no era de aquí, pero que le habían hecho llamar, para arreglar lo de los insectos.

El hombre ya sabía quién era Malco, cómo no iba a saberlo. Veía a Malco casi todas las mañanas. Después le contestó a Matías que el cuadro de Tauman estaba en el tercer piso, igual que Malco. También Malco estaba en el tercer piso. Casi siempre. A las doce no. A eso de las doce Malco bajaba del tercer piso al segundo. Porque en el tercer piso no había cuarto de baño. Por eso bajaba del tercero al segundo. A las doce. Y, dijo el hombre, Malco está desde las ocho de la mañana hasta las doce sin ir al baño. Y eso no hay mucha gente en el mundo que lo pueda hacer. Ésa era la opinión del cantante de tangos, que era una plusmarca pasar tantas horas sin ir al baño.

Y el hombre siguió hablando, cómo no. Y le contó a Matías que él intentaba subir al segundo piso todos los días; a las doce, si podía. Que lo que le gustaba a él era hablar, mucho, con Malco o con cualquiera que estuviese en el segundo piso. Y que había días que veía por allí a la viuda. Y que hablaba con ella. Sobre todo.

Matías le dijo Gracias, que le agradecía de verdad todas las explicaciones. Le dio la mano y fue hacia el ascensor.

—No es tan fácil —dijo el hombre.

Al parecer no era tan fácil subir directamente al tercer piso. Y es que el Museo de Idus era un poco especial. Eso fue lo que dijo el hombre. El Museo de Idus no tenía más que cinco cuadros. En todo el Museo. Dos en el primer piso. Dos en el segundo piso. Y uno en el tercero, el de Tauman. Y el más importante era el de Tauman, y todo el mundo quería ver el de Tauman, a pesar de que los otros cuatro también eran muy buenos. Y venía gente hasta de Japón a ver el cuadro de Tauman. Y el único interés de la gente era venir, ver el cuadro de Tauman y marcharse. Sin ver los demás. Por eso pusieron un dispositivo en el ascensor.

—El ascensor se para en el primer piso —dijo el hombre; quería decir que el ascensor se paraba sin que nadie le ordenase que se parara—. Se queda muerto el ascensor, ni para arriba ni para abajo.

Y para volver a ponerlo en marcha, dijo, hay que salir del ascensor y apretar un botón que está entre los dos cuadros del primer piso. Quería decir que entre los dos cuadros del primer piso había un botón, fuera del ascensor, bastante lejos del ascensor, junto a los dos cuadros, casi en la otra punta de la sala. Y que había que apretar aquel botón para que el ascensor muerto volviese a funcionar, para seguir subiendo, al segundo piso y al tercero. De esa manera, al ir a apretar el botón, la gente no tenía más remedio que ver los dos cuadros del primer piso, quisiera o no. Eso es lo que decían los estrategas del Museo. Y lo mismo en el segundo piso. El ascensor se volvía a apagar en el segundo piso. Así que para llegar al tercer piso había que ver todos los cuadros del Museo. Los cuatro. Y a eso le decían estrategia, los estrategas del Museo. Y los de la diputación.

Y la idea estaba bien, pero tampoco era perfecta. Y es que el botón que habían puesto entre los dos cuadros era increíblemente antiestético o, dicho de otra manera, era increíblemente verde y gris. Y el verde del botón tenía más de fosforescente que de verde normal. Y el verde fosforescente, dijo el hombre, para qué voy a empezar a esconder verdades a mi edad, tampoco es uno de los colores más sublimes que existen.

Por eso le había dicho el hombre que no era tan fácil subir al tercer piso. Pero sin perder un segundo le dijo que él tenía un truco para evitar las paradas del ascensor. Y sacó del bolsillo del pantalón una especie de palo. Y era una especie de antena. Y era una especie de caña de pescar. Esto quiere decir que si se tiraba de un extremo, el palo se iba alargando, como una antena y como una caña de pescar. Se alargaba mucho. Y el hombre le explicó que con aquello podía apretar el botón verde desde dentro del ascensor, sin salir del ascensor, sin tener que bajar en el primer piso. Ni en el segundo. Para llegar rápido al tercer piso. Para eso servía el palo.

Matías estaba empezando a marearse con tantas explicaciones. Y pensó que aquel hombre era un visionario, y le dijo Gracias otra vez, que ya le devolvería aquel aparato cuando bajase. El hombre le dijo que tranquilo, que en casa tenía otros diecisiete.

Matías entró en el ascensor y llegó enseguida al primer piso. Se abrieron las puertas. Acto seguido se apagaron todas las luces del ascensor y, por mucho que apretase todos los botones (2º, 3º, planta baja), el aparato no se movía. Era verdad. Lo que le había dicho el hombre. Tendría que empezar a utilizar el palo.

Miró por la puerta del ascensor y vio, al fondo de la sala, dos cuadros; en el centro, en la pared, había un botón, gris y verde. Empezó a alargar el palo y apretó el botón más fácil de lo que pensaba. Se volvieron a encender las luces del ascensor. Todas las luces.

Pero lo peor vino cuando empezó a recoger el palo para volver a meterlo en el ascensor. La cosa es que Matías vio una nariz en el primer piso. Y es que una persona que esté dentro de un ascensor y mire hacia fuera, lo único que podrá ver es un rectángulo de las cosas que hay fuera. Porque las

puertas de los ascensores suelen ser rectángulos.
Y Matías vio una nariz en un lado de ese rectángulo. Y esa nariz vendría adherida, seguramente, a
más carne. Y esa nariz y esa carne, junto con algún
complemento más (pestañas, etc.), formarían, seguramente, un ser humano completo. Y ese ser
humano estaría mirando el palo de Matías, pregun-
tándose qué maquinación podía ser aquélla. Por
eso se avergonzó Matías y por eso intentó recoger
el palo lo más rápido posible.

Cuando terminó de recoger el palo, apretó
el botón para el segundo piso, lo más rápido posible también. Pero en el camino del primer piso al
segundo piso pensó. Y pensó que estaba haciendo
un poco el tonto. Porque él no tenía prisa por llegar
al tercer piso. Como los japoneses. Como la gente.
Además, no le desagradaría ver los cinco cuadros
del Museo. No tenía muy claro, entonces, por qué
le había hecho caso al hombre, por qué estaba uti-
lizando el palo la antena la caña de pescar. Pero se
dijo que no estaba haciendo aquello porque le in-
teresase, para llegar cuanto antes al tercer piso, no;
estaba haciendo aquello porque era un juego, porque era un juego de, ni más ni menos, un cantante
de tangos.

Esa explicación le dejó más satisfecho pero,
así y todo, en el segundo piso decidió bajar del ascensor. Para ver los dos cuadros. Del segundo piso.

Y uno de los dos cuadros era de Sorolla.
Y cuando un cuadro de Sorolla aparece en un libro
de arte, o en una postal, o en un calendario, parece
que es un cuadro corriente, azul y naranja. Parece que es una ilustración para una revista, en verano.
O, dicho de otra manera, parece que es un cuadro

vulgar, para un bar en la playa. Porque muchos de los cuadros de Sorolla son escenas de playa, y el cuadro del Museo de Idus era una escena de playa.

Pero cuando se ven de cerca, los cuadros de Sorolla son bombas. Y aquel que había en el Museo de Idus era, cómo no, una bomba. Y Matías pasó veintisiete minutos mirando el cuadro de Sorolla y mirando las caras que se había inventado Sorolla.

Después vio que junto al cuadro, a su izquierda, había libros sobre Sorolla, unos veinte, hojas de información, fotografías, reproducciones de otros cuadros, en láminas. También había una biografía resumida, y dos biografías inmensas. Todo estaba en una especie de estantería. Esto quiere decir que había una estantería llena de Sorolla. Y cerca del mueble había un ordenador, encendido. Y en el ordenador una página de Internet: www.sorollasurf.com. A Matías le pareció una buena idea, lo de la estantería, lo del ordenador, pero pensó que ya volvería otro día a enredar en toda aquella información, porque ya era hora de subir al tercer piso y ver el cuadro de Tauman.

Apreté el botón verde y volví a entrar en el ascensor. Las puertas se abrieron en el tercer piso. Pero no se apagaron las luces del ascensor, y no había botones verdes y grises al lado del cuadro de Tauman. En el tercer piso no había ningún dispositivo; porque todo el mundo quería salir del ascensor en el tercer piso y todo el mundo quería ver el cuadro de Tauman. Cuando llegué yo, sin embargo, no había nadie en el tercer piso.

Junto al cuadro, igual que en el segundo piso, había una estantería con información sobre Tauman y sobre el cuadro de Tauman, y un ordenador con una página web, mucho más elegante que la de Sorolla.

Pero lo más espectacular del tercer piso era el cuadro de Tauman. No el cuadro en sí; el cuadro casi no se veía. Lo más espectacular era la cantidad de insectos que tenía encima. Muchas abejas libélulas avispas mosquitos moscas hormigas. Por eso era espectacular. Porque los insectos estaban vivos. Muy muy vivos. Y es que cuando los insectos están muertos se pueden poner en cualquier sitio; se pueden poner encima de un cuadro o incluso encima de una tarta nupcial, siempre que se tenga buen pegamento. Esto quiere decir que los insectos muertos son mucho más manejables. Pero otro asunto muy distinto es reunir a un montón de insectos vivos y ponerlos encima de un cuadro de 2 metros por 3 metros. Se necesitan muchos insectos para eso. Pero lo más difícil no es la cantidad de insectos que se necesita; lo más difícil es mantener a todos esos insectos en el cuadro, quietos, sin ninguna clase de red, sin ninguna clase de verja. Está claro, por tanto, que lo que estaba pasando con el cuadro no era obra de personas. Los insectos estaban allí porque querían. Y eso tiene mucho mérito. Mérito del pintor, por una parte, y mérito de los propios insectos, por otra. Eso es una apuesta en favor del arte.

Malco no estaba en la sala. Había muchas puertas allí, y Malco estaría en alguna de esas puertas. Pero no me puse a buscar a Malco. No le quería molestar. Y en vez de buscar a Malco, me puse a pensar delante del cuadro. Y se me ocurrió que bien a gusto vería Dimas aquel espectáculo, porque él era experto, en abejas, y puede que también en los demás insectos. Y es posible que Dimas acertase a quitar las abejas del cuadro, y puede que también los demás insectos, porque Dimas era experto. Eso se me ocurrió. Se lo tenía que decir a Malco. En la cena.

De repente vi que una abeja se despegaba del cuadro. Dos mosquitos después. Una hilera de hormigas también parecía que estaba saliendo del lienzo, dirección suelo. Sería histórico que, estando yo allí, todos los insectos se fuesen y despejasen el cuadro. Pero no. Era una especie de conato. Al poco ya estaban volviendo, los dos mosquitos, la abeja, las hormigas. Lo habían hecho para tomarme un poco el pelo. De hecho, al poco rato vi claramente a uno de los dos mosquitos retorciéndose de risa y señalándome con una de las patas, a mí, como si quisiera decir «Serás insulso».

12. Kotka gandarias

Y llegó un mes en el que Matías empezó a encontrar un montón de papeles en las enciclopedias Tabucchi. Y tenía ya bastante claro dónde estaba lo que estaba buscando.

La verdad era que desde que encontró el papel que llevaba escrito «maio» y el papel con el número 12, a pesar de buscar toda la información posible sobre el 12 de mayo, no había encontrado nada de fundamento. Cuando después encontró el papel roto en el que se leía algo así como «atheus» o «etheus», empezó a pensar que aquel «maio 12» podía ser algo más que una fecha. Fue entonces cuando encontró el papel que llevaba escrito «Matheus Maio», y se dio cuenta de que «maio» no era el nombre de un mes; se dio cuenta de que «Maio» era el apellido de una persona. Y tenía claro que Matheus Maio tenía que existir. Y tenía claro que Matheus Maio tenía que ser una persona importante.

Por eso buscó Matheus Maio en la enciclopedia. Y: Maio, Matheus. Aviador portugués (Macedo de Cavaleiros, 1894-Pisek, 1931). Decía la enciclopedia que eran innumerables sus travesías por el Atlántico y por otros océanos. Y que en 1925 pasó de aviador a equilibrista aéreo. Y que de 1925 a 1928 llegó a ser muy conocido en toda Europa, porque nadie era capaz de igualar su actuación, encima de una avioneta. La enciclopedia no decía más.

Matías no acababa de ver muy clara la relación que podía haber entre el aviador Matheus Maio y la región de Arbidas. O entre el aviador Matheus Maio y el vendedor de enciclopedias. Por eso preguntó a todos los de la pensión si sabían quién era Matheus Maio. Y le contestaron que no, que no lo sabían, pero que en Idus, fíjate la casualidad, había una calle Matheus Maio.

Matías miró entonces en la lista de informantes. Quería saber si tenía que hacer alguna grabación en la calle Matheus Maio, si algún informante vivía en la calle Matheus Maio. Y vio que solamente había un informante que tuviera esa dirección, y que hacía tiempo que había hecho ya la grabación en casa de ese informante, casi al principio, nada más llegar a Idus. Luvino Alda era el único que vivía en Matheus Maio. Luvino Alda. El que le había contado la historia del secretario que falsificaba los papeles de la cárcel. La lista de informantes decía: Luvino Alda, c/ Matheus Maio, 12, 3ºC. Estaba claro, por tanto, que lo que Matías estaba buscando, si es que realmente existía, estaba en casa de Luvino Alda, en la calle Matheus Maio, en el número 12, en el tercer piso.

Pero Matías estaba empezando a pensar que todo el asunto del vendedor de enciclopedias italiano no era más que un mito. O una invención del propio italiano. Empezaba a pensar Matías que al final no iba a encontrar nada, por mucho que hiciese caso a los papeles que estaba encontrando en las enciclopedias. Que todo era una broma. Del italiano. O de alguien. Porque era difícil de creer (porque era muy difícil de creer) que aquel vendedor de enciclopedias que apareció, hacía diecisiete años, por Idus, había conocido al escritor Erhard Horel Beregor, ni más ni menos. Y mucho menos, como decían algunos, que habían sido amigos. E. H. Beregor y el vendedor.

La cosa es que en el año en que le dieron el Premio Nobel a Albert Camus estuvo a punto de ganarlo E. H. Beregor. Pero fue justo entonces cuando empezaron a hablar mal de él. Dijeron que empezaba a tener ideas extrañas, y amigos extraños, y que decía cosas extrañas. A los periodistas sobre todo. Y que por eso no se lo dieron, decían, el Premio Nobel.

El asunto del vendedor de enciclopedias empezó un poco después: que había sido amigo de E. H. Beregor y que éste le había regalado un fragmento de un libro suyo. Un manuscrito. Que E. H. Beregor había cogido un fragmento del libro que estaba escribiendo en aquel momento y que se lo había regalado al vendedor de enciclopedias. Eso se decía. Algunos decían que no, que no se lo había regalado; que lo que había hecho el vendedor de enciclopedias había sido robarlo. Otros contaban que tampoco era así, que el vendedor de enciclopedias se había llevado el fragmento de la novela de casa del escritor sin darse cuenta, porque E. H. Beregor escribía en papeles muy pequeños, y que el vendedor había metido entre sus libros uno de aquellos papeles, sin darse cuenta.

El caso es que aquel papel que se llevó el vendedor de enciclopedias era un pasaje de la novela *Vredaman*. Y cuando E. H. Beregor se dio cuenta de que le faltaba una parte de la novela, parece que se agobió y se le pusieron las cejas boca abajo, y dijo que no iba a volver a escribir aquel pasaje, que se había quedado muy a gusto con él, y que era imposible volver a escribirlo igual, y que no iba a volver a escribirlo. Y dijo que estuviera donde estuviese, aquel pasaje era una parte de la novela *Vredaman,* se pudiera leer o no. Y cuando E. H. Beregor publicó *Vredaman,* dejó un hueco en el sitio exacto donde tenía que estar el pasaje. Y algunos editores intentaron disimularlo, en el final de una página y el comienzo de la siguiente, pero hay ediciones en las que se ve claramente que falta algo allí.

Vredaman era, por tanto, una novela incompleta; así y todo, seguía siendo una de las mejores novelas que se han escrito. Y el pasaje que faltaba en *Vredaman* estaba en una casa de Idus. Eso era lo que se decía. Ése era el mito. Eso era lo que se le había ocurrido al vendedor de enciclopedias, meter el pasaje de la novela en una de las enciclopedias que había vendido. En Idus. Y Matías sabía que el pasaje que faltaba en *Vredaman* estaba en casa de Luvino Alda, en la calle Matheus Maio, en el número 12.

Pero por mucho que Matías estuviera a punto de acabar con el asunto de las enciclopedias Tabucchi, no dejó de hacer grabaciones para el proyecto. También quería acabar el proyecto.

Y grabó, por ejemplo, las vidas de una familia de Idus. O, mejor dicho, grabó las vidas de un hombre y de su nuera, que eran los únicos que quedaban de toda la familia.

El hombre tenía una cristalería y la nuera un restaurante. Pero no eran gente de dinero: porque el restaurante de la nuera era pequeño, de menús baratos, y la cristalería del suegro era una cristalería fácil, sin alardes, con siete bicicletas de 1910 colgadas de las paredes.

Y la nuera era viuda, claro. Y los dos tenían debilidad por los pintores de Idus. En Idus había tres pintores entonces, y la nuera y el suegro tenían debilidad por los tres pintores de Idus. La nuera les daba de comer tres veces al día, y el suegro les hacía exposiciones en la cristalería. Y había veces que hasta vendían algún cuadro en las exposiciones de la cristalería. Y ésa era la intención, porque de otra forma no había quien vendiera un cuadro en Idus ni en Eldas ni en todo Arbidas.

De repente, uno de los pintores marchó a Australia. A nadie de Idus se le ocurría por qué a Australia. Y empezó a vender un montón de cuadros en Australia. Tampoco a nadie de Idus se le ocurría por qué vendía ahora tantos cuadros. Y poco a poco empezó a vender también fuera de Australia. En París y en Chicago. Así fue como se lo contó el informante a Matías: en París y en Chicago. Parece ser que era allí donde más fama tenía. Y era espectacular ver la cifra de los cuadros vendidos y el dinero que se pagaba por cada uno.

Pero aquel pintor tenía gran afición a recordar cosas o, dicho de otra manera, a aquel pintor le gustaba recordar las cosas que le estaban pasando. Y por eso se acordaba bastante del cristalero de Idus y de la nuera del cristalero. Y por eso les mandaba cuadros de vez en cuando. Y en las cartas que les escribía decía que aquellos cuadros eran para vender, para que el cristalero y su nuera ganasen dinero, que por eso les mandaba los cuadros. Pero al pintor le llegó la noticia de que el suegro y la nuera no vendían los cuadros, que los guardaban para ellos, y que seguían teniendo tan poco dinero como antes, en el restaurante y en la cristalería.

A partir de entonces el pintor decidió mandarles dos cuadros al cristalero y a su nuera. Uno de los dos muy desagradable. Porque el pintor tenía claro que si sólo les mandaba un cuadro, no lo iban a vender, y que seguirían teniendo tan poco dinero como antes, en el restaurante y en la cristalería. Por eso les mandaba dos cuadros: uno normal y muy desagradable el otro. La intención del pintor era que el cristalero y su nuera se quedasen con el cuadro normal y vendiesen el otro. Por eso les mandaba dos. Porque, al fin y al cabo, también en los cuadros desagradables aparecía la firma del pintor. Y eso era lo que contaba. Y el cristalero y su nuera vendieron los cuadros desagradables de forma escandalosa. Esto quiere decir muy caros.

Y otro informante me volvió a contar la historia del vendedor de enciclopedias. Con absolutamente todos los detalles que se podían dar sobre la historia del vendedor de enciclopedias.

Después me dijo que también era curiosa la vida del arquitecto; la vida del arquitecto que había hecho el Museo de Idus. Me preguntó si nadie me había contado la vida del arquitecto, si no la había oído ya en algún sitio. Porque el hecho era que yo llevaba ya 202 días en Idus, y era imposible, al parecer, que no me hubiesen contado ya la vida del arquitecto. Por eso me sorprendí. Me sorprendí porque efectivamente no había oído la vida del arquitecto en ningún sitio y me sorprendí porque las vidas de los arquitectos suelen ser vidas sin demasiada sustancia. Casi siempre. Gaudí por ejemplo. La biografía de Gaudí se salva, por ejemplo, porque murió atropellado por un tranvía. Lo demás tuvo una vida normal Gaudí, por mucho que un día, a las siete y cuarto de la tarde, se le ocurriera el, por ejemplo, *Parc Güell*.

El informante me aclaró, sin embargo, que tampoco era tremenda la vida del arquitecto, pero que alguna curiosidad sí tenía. Y es que, de niño, el arquitecto había sido vendedor de ropa. No el arquitecto, claro; los padres del arquitecto. Porque un niño no puede, él solo, ser vendedor de ropa; de la misma manera que un niño no puede ser, él solo, responsable de mantenimiento de un hipódromo. Por ejemplo.

La familia del arquitecto llegó a Idus cuando él tenía tres años, de Ecuador. Y solían poner un tenderete al lado de la estación. Para vender ropa sobre todo. Y en Idus habría cuatrocientos sitios mejores que la estación, para vender ropa o para hacer cualquier cosa, pero los padres del arquitecto solían estar en la estación, vendiendo ropa y vendiendo pájaros de madera.

Al lado de la estación, cerca de donde vendían ropa los padres del arquitecto, había tres bancos mirando hacia la carretera. Y uno de los tres bancos tenía un agujero grandísimo justo en la parte donde debía sentarse la gente, y los otros dos solían estar vacíos durante todo el día, porque no miraban hacia un sitio agradable; porque miraban hacia la carretera.

Pero a las seis de la tarde llegaban tres mujeres que se sentaban en uno de esos dos bancos. Y en Idus habría cuatrocientos sitios mejores para sentarse, pero las tres mujeres solían estar sentadas en ese banco toda la tarde, y tragaban polvo, y humo, porque el banco miraba hacia la carretera. Así y todo, no pasaba un día sin que las mujeres se sentasen en el banco, durante todo el verano y una parte de la primavera y una parte del otoño.

El arquitecto tenía 3 años entonces, y la más joven de las mujeres 73. Y la diferencia de 70 años le debió de parecer al arquitecto una bonita diferencia, y no había día en que el niño no fuese a visitar a las mujeres del banco. Y se quedaba mirando a sus bocas y estaba atento a todo lo que decían. Y había días en los que se sentaba con ellas en el banco y apoyaba la cabeza en cualquier brazo o en cualquier pierna y se quedaba dormido. Y una mujer de esa edad no tiene más remedio que cogerle cariño a un ecuatoriano de tres años que se le queda dormido en el brazo o en la pierna. Y si en una situación en la que hay tres mujeres de esa edad una empieza a despilfarrar cariño, las otras dos no tardarán mucho en empezar a despilfarrarlo. Esto quiere decir que las tres mujeres le cogieron cariño al arquitecto.

Empezaron a decir las mujeres entonces que había que escolarizar a aquel niño, que no podía pasar todo el día dando tumbos. Los padres del arquitecto estaban conformes, claro, pero dijeron que el problema era el dinero. Y una de las mujeres dijo que el dinero no era problema. Y la mujer que dijo lo del dinero era una mujer de buena familia, y siempre había sido de buena familia, también de niña, y cuando le llegó la edad de trabajar seguía siendo de buena familia y no trabajó, y tenía un montón de casas por todo Idus, alquiladas muchas, y de vez en cuando vendía alguna, y seguía siendo de buena familia. También las otras dos mujeres eran de buena familia, pero lo que es dinero casi no tenían.

El arquitecto empezó a la escuela con tres años y medio, y por la tarde iba a visitar a las tres mujeres. La mayor parte del tiempo lo pasaba escuchando lo que ellas hablaban, pero de vez en cuando les preguntaba cosas que no entendía en la escuela. Las mujeres, por supuesto, no sabían contestar a ninguna de las preguntas y lo que hacían era disimular. Y le contaban que cuando la Revolución Francesa repartían manzanas asadas por la calle, y que pusieron un circo grande en una plaza de París, y que por el cielo había avionetas y encima de las avionetas equilibristas. Y el arquitecto les decía que no sabía lo que era un equilibrista y que no sabía lo que era una manzana asada.

Pero la mujer de buena familia murió cuando el arquitecto tenía diecisiete años. Entonces el dinero empezó a ser problema otra vez. El dinero fue problema sobre todo en la universidad. La cosa es que los herederos de la mujer no querían seguir pagándole los estudios al arquitecto. Porque, decían, si se tratase de un niño, decían, no tendrían inconveniente en costearle la escolarización, decían, pero pagar las facturas de una persona de diecisiete años, decían, no es de buen gusto. Lo decían así, con esas palabras lo decían.

Fueron las otras dos mujeres las que hicieron el esfuerzo entonces. Gastaron casi toda la libreta en la universidad, y cuando vieron que no era suficiente, empezaron a coser, empezaron a hacer ganchillo, para vender. Y les daba un poco de vergüenza vender cosas, porque no habían tenido necesidad, en toda su vida. Pero cuando vieron que tampoco eso era suficiente, hicieron otro esfuerzo. Y éste sí fue un esfuerzo gordo, porque vendieron la casa de una de las dos y empezaron a vivir juntas.

Pagaron la universidad entonces, y les sobró incluso algún dinero. Tanto como para irse de vacaciones un verano, los cinco: las dos mujeres, el arquitecto y los padres del arquitecto. Y cuando llegaban a los edificios, el estudiante de arquitectura les daba explicaciones, y les explicaba lo que son los capiteles y lo que son los arbotantes y lo que quiere decir ojival.

Antes de acabar la carrera, el arquitecto ganó casi todos los premios de la universidad, y después de acabar la carrera se hizo doctor, y una de las asociaciones de arquitectura más solventes de Europa lo nombró Mejor Arquitecto Novel de Europa (EBNA). Después hizo el Museo de Idus y unos cuantos edificios importantes, en Idus y en algunas capitales europeas, y todos fueron apareciendo en revistas de arquitectura, en las revistas grandes, y no hubo uno que se librase de la polémica.

Pero el arquitecto no había hecho todavía la que quería que fuese su obra más grande: el arquitecto quería construir una calle entera en Idus. De arriba abajo. Quería ir tirando, poco a poco, los edificios viejos y construir nuevos. Eso era lo que quería. Y cada edificio sería uno de los mejores edificios de Europa y, cómo no, todos irían apareciendo en las revistas grandes, de arquitectura, y no habría ninguno que se librase de la polémica. Eso era lo que quería.

Para entonces tenía siete edificios construidos, en una calle de Idus, pero la intención del arquitecto no era hacer la calle sin más. La intención del arquitecto era darle el nombre de las tres mujeres a esa calle. Ése era el motivo por el que el arquitecto se empeñaba en construir esa calle. Y sería una de las calles más espectaculares de Europa, y en los carteles aparecerían los nombres y los apellidos de aquellas tres mujeres. Pondría, además, los dos primeros apellidos de las mujeres, para que no hubiese ni la más mínima duda. La calle sería: calle de Luciana Langa Birelda, Matilde Bas Ledor y María Olda Belade. Así se llamaría la calle.

Y los carteros maldecirían al arquitecto, porque es totalmente inhumano poner un nombre tan largo a una calle. Y llegarían más cansados que nunca a casa, y la administración se vería obligada a alargarles el periodo vacacional, a cincuenta días por ejemplo, y algunos carteros se despertarían a las cuatro de la madrugada, de repente, angustiados, y sus mujeres les dirían que habían pasado tres cuartos de hora repitiendo lo mismo, en sueños. Les contarían sus mujeres que habían estado diciendo: «Calle de Luciana Langa Birelda, Matilde Bas Ledor y María Olda Belade, número 10, 3ºH». Eso sería lo que les dirían sus mujeres que habían estado repitiendo. Con intervalos irregulares de tres-cuatro minutos.

13. Suena

Matías seguía sentado en la cama mirándose los pies. La cosa era que pasaba todo el día con zapatos y calcetines, y el único momento en el que se podía ver los pies era cuando se ponía el pijama.

Se miraba la planta de los pies y la parte superior de los pies. Eso era lo que le gustaba mirarse. En la parte superior de los pies tenía unos pelos rojos. Igual que las uñas. También las uñas eran rojas. Pero el rojo de los pelos de la parte superior del pie y el rojo de las uñas eran diferentes.

Y los pies de Matías eran exactamente así, rojos los pelos y rojas las uñas, y esos elementos no eran, en principio, símbolo de nada.

Y en eso estaba cuando entró Ana en su habitación, de repente. Sin llamar a la puerta, claro. Como siempre. Echó el camisón hacia atrás y se sentó al lado de Matías, en la cama. El camisón de Ana era rosa. Aparte de ése tenía dos azules y uno rojo.

—¿Sabes quién es Fionnula Flannagan? —me preguntó Ana.

—No.

Yo tampoco, me dijo. Me dijo que era una actriz, Fionnula Flannagan. Que era lo único que sabía. Que lo había visto en los créditos de una película. A Ana le gustaba el nombre, Fionnula Flannagan, que por eso lo había aprendido. Después hizo tres o cuatro comentarios sobre cine, sin llegar a creerse ninguno. Dijo, por ejemplo, que algunas películas son de corcho y otras de mortadela. Que lo había leído en algún sitio. Después dio más explicaciones: explicó por qué eran unas de una manera y las otras de otra, pero lo más curioso de todas las explicaciones que dio fue lo que había dicho al principio, que unas películas eran de corcho y otras de mortadela. También parece que había de otras clases: había películas que estaban, según Ana, hechas de buñuel y otras que estaban hechas, según ella, de nuez moscada.

—Mucho cine ves tú —le dije.

—No te muevas.

Ana metió la mano por el cuello de mi pijama y sacó una lagartija de allí. La lagartija más pequeña que he visto nunca. «Poco te duchas tú», me dijo. Después soltó la lagartija por el balcón.

—¿Has tenido carta, no? —me dijo.

—Sí.

—¿Y?

—Me han dicho que sí.

—En el Ministerio —Ana.

—Sí.

—Y no tienes que volver al Ministerio entonces.

—No.

Le expliqué a Ana que con el ordenador no había problema. Que se puede trabajar en Idus y mandar el trabajo. Al Ministerio. Que hoy en día es fácil, con el ordenador, que por eso me habían contestado que sí. Eso fue lo que le expliqué a Ana, como si ella no lo supiera.

—Y eso es lo que querías —me preguntó.

—¿Cuál?

—Quedarte aquí.

—Eso era lo que quería, sí.

—¿Y cuándo vas a traer a Miguel?

—Cuando se pueda.

—No te muevas.

Volvió a meterme la mano por el cuello del pijama. Sacó otra lagartija, un poco más grande que la anterior.

Y después de soltar esa segunda lagartija por el balcón, me subió el pijama desde la cintura hasta la barbilla, para ver si había más lagartijas por allí. Y me dio un poco de vergüenza, porque en el pecho no tengo más que tres pelos y medio, irregulares todos, y cobardes. Y me dio vergüenza porque Ana seguía pareciendo un cuadro de Renoir. Sobre todo con ciertos camisones. Sobre todo cuando me levantó el pijama, desde la cintura hasta la barbilla.

Me faltaban 14 páginas para acabar por quinta vez la novela *Vredaman,* de E. H. Beregor.

14. Zersham

Matías estaba con Matilde, en la cocina. Matilde sin parar un segundo; Matías mirando. Entró Tomás entonces, nervioso, y agarró a Matías del brazo.

—No quiere hablar. Si no vienes tú —dijo Tomás. Hablaba con Matías.

Salieron de la cocina, y Tomás llevó a Matías al patio. En el patio encontraron a Dimas, sentado encima de una piedra.

—Mira. Mis dos niños aquí —dijo Dimas.

Y el primer niño, Tomás, se sentó en la hierba, y el segundo niño, Matías, imitó al primer niño, Tomás.

Vosotros sois niños, los dos, dijo Dimas. Tú, le dijo a Matías, puede que hasta tengas hijos. Pero eres un niño igual igual. Los dos sois niños vosotros. Matilde no. Matilde no es una niña. Ana tampoco. Ana sabe mirar a la abeja. Vosotros no. Vosotros no sabéis mirar a la abeja. Por eso sois niños. Vosotros ni idea, lo que es la abeja. Por eso sois niños. Y ahí andas tú, le dijo a Tomás, ahorrando dinero, para comprar un enjambre. Y no sabes que el enjambre no se compra. Eso trae desgracias. Si se vende la abeja, desgracias. Si se compra, igual. El enjambre se caza. O se hace un trueque. Pero no se compra. Ni se vende. La abeja no.

Tomás se movió incómodo en la hierba, por la bronca que estaba recibiendo. Pero fue una incomodidad de cuatro segundos como mucho, porque Dimas ya había empezado a contar otra filigrana. Tomás volvió a poner atención, y Dimas habló:

Las abejas se vuelven locas muchas veces. Tienen mucha facilidad las abejas para volverse locas. Las abejas se vuelven locas cuando hace calor. Por ejemplo. Por eso trabajan de noche. Sobre todo de noche. Con lluvia ni salen. Cuando se quema la casa sí. Entonces sí salen. Quiero decir cuando se quema la casa del dueño. Cuando se quema la casa del dueño también se vuelven locas las abejas. Eso pasó en casa de Ramando. Eso se lo tengo oído yo a Silvestre. Cuando se quema la casa del dueño, la abeja se vuelve loca de pies a cabeza. Y ataca al dueño. Docenas de abejas atacando al dueño. Y hay veces que ahogan al dueño, y lo matan. Y que se le queme la casa a uno ya es bastante desgracia como para que después lo ahoguen las abejas. Como a Ramando. Eso es un poco agobiante. Que primero se te queme la casa y que luego te ahoguen las abejas. Porque una de las dos cosas se puede aguantar. O que se te queme la casa o que te ahoguen las abejas. Una de dos. Pero las dos a la vez es un poco agobiante.

A Dimas se le movían las orejas cuando estaba de buen humor; se le movían de arriba abajo, de izquierda a derecha. Se le movían las orejas cuando hablaba riéndose, cuando decía cosas para reírse. Como lo que acababa de decir. Por eso se le estaban moviendo las orejas, arriba abajo izquierda derecha, con precisión. Después siguió más serio.

Las abejas también se vuelven locas con el sonido de la guadaña. Aquí no hay guadañas. En

Idus. Yo sé lo de las guadañas por Silvestre. En el pueblo de Silvestre es normal la guadaña. Decía que en su pueblo eran los mejores con la guadaña. Que no había nadie mejor con la guadaña. Decía que había dos primos en su pueblo que eran capaces de partir una abeja en dos con la guadaña. Porque las abejas se vuelven locas con el sonido de la guadaña y atacan a la persona. Por eso habían aprendido los primos a partir en dos a las abejas. Para que no les picasen. No es buena la picada de abeja. La picada de abeja se frota con flores amarillas. Para que no se hinche. Cualquier flor. Con tal de que sea amarilla.

Parecía que Tomás ya sabía lo de las flores amarillas. Y estaba orgulloso de saberlo. Matías se lo notó con el rabillo del ojo.

Tampoco los carpinteros son buenos para las abejas. Los pájaros carpinteros quiero decir. Los carpinteros se ponen encima de las colmenas, cerca de la puerta. Y empiezan a pegar golpes en la colmena. Con el pico, claro. Cerca de la puerta. Y las abejas que hay dentro se vuelven locas con los golpes del carpintero. Y empiezan a salir de la colmena, medio locas y medio mareadas, por los golpes del carpintero. Y el carpintero se las come; según van saliendo, una a una. Para eso pega golpes en la colmena. Para que las abejas se vuelvan locas y para comérselas después. Pero Ulpiano decía que el carpintero hace mal. Porque las abejas locas son mucho más amargas que las abejas cuerdas. Por eso decía Ulpiano que la táctica del carpintero era mala. Táctica sí, decía, pero mala. La del carpintero.

Se volvieron a mover las orejas de Dimas, para arriba y para abajo, izquierda-derecha. Matías miró a Tomás. Tomás estaba intentando imitar el movimiento de las orejas.

Pero las abejas no son locas siempre. Algunas veces no son locas las abejas. Cuando hacen viajes, por ejemplo, no son locas las abejas. Otros animales hacen viajes por el monte, o entre piedras o entre zarzas, y se pegan golpes contra las vallas y contra las zarzas. Hacen viajes malos. Las abejas no. Las abejas son más sibaritas. Cuando hacen viajes, las abejas van por los caminos. Quiero decir siguiendo los caminos. Volando, pero por encima de los caminos. Y si no hay camino, van por la vía del tren. Quiero decir siguiendo la vía del tren. Volando. Y si hay camino y vía de tren, si hay las dos cosas, suelen ir por la vía de tren. Eligen la vía de tren. Entre las dos cosas. Por eso son inteligentes las abejas. Porque eligen la vía de tren. Así se demuestran las cosas. Quién es inteligente y quién es loco.

Dimas dijo todo eso de una manera bastante efusiva, moviendo mucho las manos. Pero de repente le cambió el humor, y se le oscureció la boca y se le oscurecieron las manos, y empezó a hablar con voz de lagartija. Y contó que en otro tiempo les cortaban la mano a los que, como él, perdían la colmena. Y que había sitios en los que hasta excomulgaban a los que habían perdido la colmena. Y decían que la gente que perdía la colmena no podía entrar en los pastos, porque al andar quemaba la hierba. Que él se lo había oído contar a Silvestre.

Dimas se quedó en silencio. Y desde que había empezado a hablar, era la primera vez que se quedaba en silencio, y no parecía que tuviera ganas de seguir hablando. Matías vio entonces la oportunidad de hablar y la oportunidad de decirle a Dimas lo que quería decirle. Matías había pasado semanas sin poder decirle a Dimas lo que quería decirle. Y ahora era cuando tenía la oportunidad. Matías pensó, además, que lo que le tenía que decir animaría un poco a Dimas.

Le contó que en el Museo tenían un problema con las abejas, y con otros insectos, y que él, Dimas, era el que más sabía sobre abejas en Idus, y que tampoco sabría pocas cosas sobre otros insectos, y que convendría que él, Dimas, fuese al Museo, a ver lo que se podía hacer.

Matías acertó, claro. Dimas empezó a animarse. Le dijo a Matías que claro que iría al Museo, Pero no hoy, le dijo, dentro de tres días. Le dijo que iría al Museo dentro de tres días porque hasta dentro de tres días no le tocaba volver a salir de la habitación. Dentro de tres días, le dijo, no ahora. Ahora tengo ganas de comer mandarinas. Y las mandarinas están dentro de la habitación. Y si entro en la habitación, no puedo volver a salir. No puedo salir dos veces en un día. Y ahora tengo que comer mandarinas. No hay más remedio.

15.

Estimado Señor Malanda:

El Ministerio se complace en comunicarle
que su proyecto, llevado a cabo en la región de Arbidas (Idus, Eldas y Lanta), ha ganado el Primer
Premio y dos Medallas de Oro en el XVII Certa-
men Internacional de Proyectos de Rotterdam.

Reciba nuestra más cordial enhorabuena
y sepa que este Ministerio está en todo momento
a su disposición.

Ruando Derrida Pas
Delegado General de Proyectos

16. Mirinola

Matías se puso de pie. Primero dio dos vueltas por el patio de la pensión. Estaba bastante oscuro, la noche. Después tropezó con una de las lápidas. Después dijo ay. Después dijo fuuf. Después se le ocurrió que tenía que quemar aquella lápida cuanto antes, para no volver a tropezar. Pero después pensó que mejor no, que quemar piedra siempre ha sido una cosa cansada. Después se fue a la habitación. Después miró al reloj. Después esperó, en la habitación. Esperó hasta las doce y media. Seguramente hubiera sido suficiente esperar hasta las doce o incluso hasta las doce menos diez. Porque para las doce menos diez no andaría ya nadie por la pensión, por los pasillos de la pensión. Porque estaría todo el mundo dormido ya. Pero Matías esperó hasta las doce y media. Para asegurar.

A las doce y media salió de la habitación. Con una linterna. La escafandra estaba en el pasillo de la pensión, al final. Encima de una colmena vieja. Dentro de la escafandra había un papel. Ése era el papel que quería coger Matías. Sin que nadie le viera. Y tenía perfectamente calculado cómo tenía que levantar la escafandra de encima de la colmena, para que no se cayese y para que no se destrozase, en quinientos trozos, y para que no despertase a nadie en la pensión. Quería ver lo que estaba escrito en el papel, sin que nadie le viera.

Era un papel antiguo, eso estaba claro. Podía ser incluso un manuscrito. Y parecía interesante, y pronto iba a hacer ocho meses desde que Matías lo había visto por primera vez, dentro de la escafandra, encima de la colmena. Y tenía curiosidad desde entonces. Pero ahora ya sabía cómo levantar la escafandra para coger el papel, para que no se cayese al suelo y para que no despertase a nadie y para que no despertase a Ana.

Levantó la escafandra, y coger el papel fue más fácil de lo que había creído. Se le encogió la respiración entonces, por la curiosidad. Dio un suspiro ruidosísimo entonces, por la curiosidad también. Empezó a leer el papel y dio otro suspiro, de desilusión ahora. Y es que el papel que había dentro de la escafandra era una hoja de problemas de matemáticas. Arrancada de algún libro de matemáticas. Antigua, eso sí. Y el primer problema hablaba de patatas. Y de naranjas y de tomates y de otras hortalizas apasionantes. Y en el segundo problema se hablaba de dos trenes, que corrían en la misma dirección pero en diferente sentido, claro.

Matías empezó a pensar que la afición a los trenes de la gente es algo fuera de lo común, que es curiosa la cantidad de trenes que aparecen en los libros, en cualquier libro. También en los libros de matemáticas. Pero, a pesar de que parece ser que la tendencia natural del ser humano es el cariño hacia los trenes, no deja de haber un pequeño grupo de personas en el mundo que llega incluso a odiar los trenes. Y una razón para ese odio puede ser que una tía suya muriese atropellada por un tren. Porque las tías rara vez sobreviven a los trenes. Y ésa puede ser una de las principales razones para que ese grupo de personas odie el tren, que el tren les mató una tía. Es decir, una tía a cada uno. Porque todas las personas que odian los trenes no suelen ser, por lo general, familiares. Algunos sí; algunos sí son familiares, pero la mayoría no. Y el asunto de la tía no deja de ser una de las razones más importantes para odiar los trenes, pero hay otras. Otra razón podría ser el trauma de no haber podido solucionar nunca los problemas de matemáticas en los que aparecen trenes. Y otra razón podría ser la cantidad de revisores impertinentes. Y etc.

Matías no leyó más problemas de la hoja de matemáticas, pero pensó que siempre le pasaba lo mismo. Que siempre le parecían interesantes los papeles antiguos, antes de leerlos, que siempre esperaba que fuesen documentos terribles, antes de leerlos, pero que al final nunca encontraba nada nuevo. Los papeles antiguos siempre solían ser doctrinas cristianas, o tratados de labranza, hojas de matemáticas. O literatura escasa. Siempre igual. Con los papeles antiguos.

Volvió a dejar el papel dentro de la escafandra y entró en el cuarto de baño a toda prisa. La cosa era que había perdido ya demasiados minutos de sueño. Me quedé mirando el espejo; el bulto que tenía en la cara seguía bajando. Estaba ya a la altura de la mandíbula, tranquilo, como si estuviera durmiendo. Pero estaba claro que nada más despertarse, al día siguiente, el bulto tenía intención de seguir bajando por el cuerpo, por el cuello, por el pecho, sin ninguna clase de miramientos, es posible que hasta la cintura o es posible que hasta el muslo.

Abrí el grifo entonces. Por el agujero del grifo, como siempre, salió un mosquito. Yo no podía saber si siempre era el mismo mosquito o eran mosquitos diferentes, herederos de los anteriores, hijos, nueras. La cuestión era que siempre que abría un grifo a deshoras, salía un mosquito de dentro, medio dormido y con un vuelo extraño. Quiero decir que volaba como si estuviese de prácticas y que se chocaba cuatro o cinco veces contra el espejo y cuatro o cinco veces contra la pastilla de jabón.

Pero eso no era lo más curioso. Lo más curioso era que los mosquitos tenían nociones de fontanería. Porque desde que se abre el grifo hasta que empieza a salir el agua pasa un poco de tiempo. Un poco. Muy poco. Cuánto, no sé. Tres centésimas o cinco centésimas. Y los mosquitos salían justo entonces. Justo antes de que empezase a caer el agua. En esas centésimas. Y un mosquito tiene que tener nociones de fontanería para, estando medio dormido, reaccionar tan rápido.

Y lo de los mosquitos no sólo era cosa de la pensión Malanda; en nuestra casa pasaba lo mismo. Antes de que se muriesen nuestros padres. Me lo decía Miguel. Que los mosquitos hacían nidos en los grifos y que salían medio tontos cuando se abría el grifo a deshoras. Yo no le creía. Hasta que me pasó a mí. El ayuntamiento ha hecho un edificio azul donde antes estaba nuestra casa. Después de tirar nuestra casa, claro. Sería digno de ver lo que sale por los grifos del edificio nuevo.

17. Lothar Kiel Plank

Malco fue el primero en entrar a la sala del Museo. Matías entró en tercer lugar. Y entre los dos, entre Malco y Matías, entró Dimas. Porque era Dimas el que tenía que arreglar el problema que había con el cuadro. Era Dimas el que iba a quitar los insectos de encima del cuadro. Y es que Malco y los ayudantes de Malco estaban aburridos ya. Y la administración estaba aburrida. Y los políticos estaban aburridos. Y Malco no tenía nada que perder si Dimas intentaba quitar los insectos de encima del cuadro. Pero no se creía nada. Pero no tenía nada que perder.

—Éste es el cuadro —Malco a Dimas.

Dimas no dijo nada, se quedó mirando el cuadro. Se quedó mirando los insectos. Veinte minutos por lo menos. Después empezó a hablar con los insectos. Les hablaba casi sin hablar, y Malco y Matías entendían algunas cosas, pero la mayoría no. Y no sabían si Dimas utilizaba palabras de verdad o si eran palabras inventadas para hablar con insectos. Pero la cosa es que les hablaba con mucho respeto, y les decía Pero no veis, les decía, que estáis molestando a muchas personas, les decía, que tenéis agobiada a mucha gente, les decía, igual mejor si os vais a algún otro sitio, les decía. Pero no era eso lo único que les decía; también les decía «Plica atli». Y daba la impresión de que Plica atli era la traducción de todo lo anterior. Porque parece que los insectos tienen una lengua muy compacta. Y muy colorista también. Y muy familiar.

Los insectos empezaron a debatir entre ellos. Nerviosos. Y las libélulas fueron las primeras. Las libélulas fueron las primeras en separarse del cuadro. Y la mayoría de las libélulas se fueron volando, pero una decidió marcharse a pie, con las hormigas. No porque tuviese especial cariño por las hormigas, sino porque quería hacerse notar. Porque era azul.

Y los insectos necesitaron cuarenta y siete segundos para marcharse del cuadro. Las abejas no. Las abejas no se fueron. Las abejas decidieron quedarse, en el sudeste del cuadro.

—Listo —dijo Dimas.

—¿Y las abejas? —Malco.

—No. Las abejas no se van. Están a gusto las abejas.

18. Dorum kostras

Matías se tendría que decidir algún día; se tendría que decidir a volver a casa de Luvino. Porque lo que estaba claro era que el vendedor de enciclopedias había metido el texto en la enciclopedia de Luvino. El texto de E. H. Beregor. El texto que faltaba en la novela *Vredaman,* de E. H. Beregor. El texto. Y algún día se tendría que decidir Matías a ir a buscar el texto. Después de tantos años. En casa de Luvino.

Y llegó el día en el que se decidió a ir a casa de Luvino Alda. Y le pidió que le enseñase la enciclopedia. Y Luvino le contestó que no, que él no tenía libros, que él había sido de los que quemaban libros, de joven. Pero Matías sabía perfectamente que Luvino tenía libros y que Luvino tenía la enciclopedia Tabucchi. Y se lo dijo. Le dijo que sabía seguro que tenía libros. Luvino reconoció que sí, que tenía un libro y que se lo iba a enseñar.

Luvino volvió enseguida con el libro. Y el libro era *Historia breve y vida de los frailes del convento de San Ignacio de Idus.* Y el comentario de Luvino fue que aquel libro era el manual que seguían los anarquistas de Idus, en su época, de joven. Ése fue su comentario.

Matías le dijo que sí, Vale, le dijo, pero le preguntó si, aparte de ese libro, no tenía una enciclopedia en casa. Luvino siguió diciendo que aquella

historia de los frailes de Idus ya era una enciclopedia en sí misma, y que no necesitaba más enciclopedias él. Que aquel libro era una enciclopedia para
los anarquistas. Para los anarquistas de Idus sobre
todo; para los de fuera de Idus no. Y los anarquistas de Idus no hacían otra cosa que lo que decía el
libro de los frailes. Pero la manera de interpretar
el libro era muy borrosa, y si los anarquistas de Idus
eran siete, había nueve maneras de interpretar una
parte del libro o había veces que doce maneras de
interpretar una parte del libro.

Matías vio claramente que Luvino no quería enseñarle la enciclopedia Tabucchi. Matías entendió que tendría que volver otro día, que tendría
que cambiar de estrategia para convencer a Luvino.
Así y todo, pasó toda la mañana con él. Matías estaba a gusto con Luvino Luvino estaba a gusto con
Matías. Y la organización del pelo de Luvino seguía
siendo caótica, y tenía algún mechón en una posición coherente, pero el resto no.

Cuando salió de casa de Luvino, Matías dijo
«Puede que ya no vuelva a esta casa». Lo dijo a propósito. Matías le dijo a Luvino Puede que ya no
vuelva a esta casa a propósito, a pesar de que sabía
perfectamente que iba a volver más pronto que
tarde. Pero se lo dijo así, puede que ya no vuelva a
esa casa, y Luvino se quedó tosiendo cuando cerró
la puerta, y tosió de izquierda a derecha y de arriba
abajo.

Matías volvió a casa de Luvino nueve días
después. Luvino se alegró, cómo no, y, sin decir pa-

labra, puso en la mano de Matías un bolígrafo, mugriento muy mugriento, y un cuaderno. Y me llevó a una habitación, sin decir palabra. Y la habitación estaba vacía, y no había más que una caja en el suelo, en una esquina, marrón. Y dentro de la caja estaba la enciclopedia Tabucchi. Luvino señaló la caja; dijo:

—Ésa es la enciclopedia. Copia lo que quieras.

Le tuve que explicar que yo no quería copiar nada, que lo único que quería era ver la enciclopedia. Luvino, más tranquilo, empezó a hablar entonces, a cántaros, y yo tuve una sospecha. Y la sospecha fue que alguien había prohibido a Luvino enseñar la enciclopedia. Y que por eso decía que no tenía libros en casa y que él había sido de los que quemaban libros, de joven. Después tuve otra sospecha. Y esa segunda sospecha fue que había sido el propio vendedor de enciclopedias el que le había prohibido que enseñase la enciclopedia. Pero me pareció una sospecha primaria, una sospecha de poca categoría. Me daba la impresión de que la relación de Luvino con la enciclopedia tenía que ser mucho más complicada, mucho más chapucera. La relación entre Luvino y la enciclopedia Tabucchi tenía que ser, cuando menos, frondosa. Después inventé cuatro o cinco sospechas más.

Pero a pesar de que estaba inventándome sospechas una tras otra y de que tenía la cabeza bastante ocupada, no tuve problemas para empezar a hojear la enciclopedia. Estaba sin usar. Claro.

Y busqué *Gaudí*. Y en la página donde aparecía Gaudí no estaba el texto de E. H. Beregor. Y busqué *Van't Hoff*. Y en la página donde apare-

cía Van't Hoff había una hoja, muy muy fina. Y en
la hoja había bastantes letras escritas. Y las letras
eran, estaba claro, de E. H. Beregor: porque la M
mayúscula era una m muy esponjosa y la t minúscula era una t mal alimentada. Y eso quería decir que
las letras eran de E. H. Beregor y que el texto era de
E. H. Beregor. Porque la caligrafía de E. H. Beregor
estaba muy estudiada, y estaba claro que aquellas
letras no podían ser más que de E. H. Beregor. Y eso
quería decir que Matías no tenía que seguir buscando.

Luvino no entendía el texto; Matías sí. Lo
leyó allí mismo:

Había veces en las que Mateo se quedaba dormido en el sillón. Dormido, dormido.
Dormido. Y cuando despertaba, siempre empezaba a hablar o a pensar sobre lo mismo. Decía
que el rey de Suecia nunca había dejado claro
por qué no existe un Premio Nobel para ebanis-
tas. Decía Mateo: si quiere mantener su presti-
gio, decía, el rey de Suecia debería crear, cuanto
antes, el Premio Nobel de Ebanistería.

Y siempre que hablaba o pensaba so-
bre los Premios Nobel, contaba el caso de Van't
Hoff. Es más, es posible que por eso empezara a
hablar o a pensar sobre los Premios Nobel, para
después contar el caso de Van't Hoff. Porque
disfrutaba contando el caso de Van't Hoff. Disfrutaba.

A Van't Hoff le concedieron el Premio
Nobel de Química en 1901. El primer Pre-
mio Nobel de Química. Del mundo. Jacobus
Henricus. Van't Hoff. Ése era su nombre com-

pleto. Jacobus Henricus. Van't Hoff el apellido.
Los amigos le llamarían de otra manera seguramente. Los de la familia, tíos madre hijos, de
otra. Después murió en 1911, en Berlín seguramente. Con 59 años. En Berlín (1852-1911).
La cosa es que murió en 1911 y que eso es el
principio del siglo XX.

Pero a Mateo no le interesaban esas cosas. No eran más que datos. Todo eso. Datos.
A Mateo le interesaba, sobre todo, una fotografía de Van't Hoff. Una fotografía: Van't Hoff
aparecía solo en la fotografía, y no tenía, ni mucho menos, 59 años; ni siquiera 58. Tendría 35-
40. O puede que dos más. Y eso quiere decir que
la fotografía era una fotografía del siglo XIX.
Y en el siglo XIX la gente no se hacía muchas
fotografías. Media docena en toda la vida, como
mucho. Como muchísimo. Por eso se ponían terriblemente elegantes para las fotografías. También Van't Hoff aparecía terriblemente elegante
en la fotografía. Pero no era eso lo más impresionante de aquella fotografía. Lo más impresionante de aquella fotografía era que Van't Hoff
no se había peinado. Van't Hoff tenía el pelo
todo revuelto en la parte izquierda de la cabeza.
Con exageración. Como si se hubiese levantado de la cama siete segundos antes. Y una persona tiene que tener mucha personalidad para
decidir no peinarse cuando sabe perfectamente
que no se va a hacer más que una, dos, tres fotografías en toda su vida. Y Van't Hoff aparece
en todas las enciclopedias, biografías y libros
de ciencia del mundo con el pelo revuelto en la
parte izquierda de la cabeza, como si siempre se

estuviese levantando de la cama siete segundos antes de que alguien abriese la enciclopedia o la biografía o el libro de ciencia. Y Van't Hoff era Premio Nobel de Química y debía de dormir muy bien, porque si no es difícil tener el pelo tan levantado en la parte izquierda de la cabeza. En el siglo XIX.

Por eso le tenía Mateo tanto cariño a Van't Hoff. Por su personalidad. Por la personalidad que había tenido Van't Hoff, por no peinarse el día de la fotografía. Y Mateo solía decidir que le tenía tanto cariño a Van't Hoff como a sus tías. A sus tías. No a las tías de Van't Hoff, claro. A las suyas.

Luvino no entendió el texto; Matías sí. La enciclopedia Tabucchi de Luvino era verde.

19. Santiniketan

También era domingo cuando Miguel Malanda llegó, por fin, a la pensión. Y todos los de la pensión recibieron a Miguel con cariño. Porque era hermano de Matías. Y fue Ana, sobre todo, la que recibió a Miguel con cariño. Y fue Tomás, sobre todo, el que recibió a Miguel con cariño. Y le enseñó una pelota; una pelota que tenía una serpiente dentro. Y le dieron besos a Miguel, y abrazos, y golpes en los hombros. Besos Matilde sobre todo. Y a Miguel le gustó la pensión, porque se llamaba Malanda y porque era marrón. Y pensó que Matías había elegido bien. Que aunque hubiese estado tantos años buscando, al final había elegido bien.

—Tendrás ganas ya de ver a Matías —le dijo Ana.

Y le dijeron que Matías estaba en el patio, y Miguel se alegró, porque había patio en la pensión. Y salieron con él al patio. Y se pusieron delante de una piedra. Y en la piedra estaba escrito Matías Malanda y dos números debajo. O, dicho de otra manera, en la piedra estaba escrito MATÍAS MALANDA y dos números debajo. Y no había nada más escrito. Y era una lápida simpática. La que habían hecho para Matías.

Miguel dijo que era curioso que encima de una lápida estuviesen juntas una rana y una lagartija, al mismo tiempo. Como estaban en aquella lápida. Lo dijo con esas mismas palabras. Es curioso, dijo, que una rana y una lagartija estén encima de una lápida al mismo tiempo. Sin sol además. Y con este viento. Después dijo que en la maleta traía un libro sobre Gaudí.

Van't Hoff, Jacobus Henricus. Químico holandés (Rotterdam, 1852-Berlín, 1911). Con Le Bel estableció los cimientos de la estereoquímica orgánica. También estudió la disociación electrolítica, el equilibrio químico y la velocidad de reacción, e hizo análisis detallados de los depósitos minerales de Stassfurt en Alemania. Recibió el Premio Nobel de Química en 1901.

*Para todos los que han escrito letras en este libro.
Para todos los que han escrito eles y eses y acentos
y comas y erres en este libro. Para todos excepto
para mí.*

Este libro
se terminó de imprimir
en los Talleres Gráficos
de Mateu Cromo, S. A.
Pinto, Madrid (España)
en el mes de febrero de 2004